Réquiem por un Amor

Réquiem por un Amor
D.R. © 2021 | Elvia Gasca Barajas

Primera edición, 2021
Edición: Editorial Shanti Nilaya®
Diseño Editorial y Portada: Carlos A. Rodríguez | Editorial Shanti Nilaya®
Recursos gráficos: Unsplash®

ISBN | 978-1-7377306-5-1

shantinilaya.life/editorial

Elvia Gasca Barajas

EDITORIAL

Agradecimientos

A ti que, a pesar de las circunstancias, nunca dejaste
de darme la mano.

A ti, de quien me afiancé cuando creí que no había salida.

A ti, que me abriste los ojos a esta nueva vida.

A DIOS.

DEDICATORIA

A mi familia, padres, hijo, hija, nietas, esposo y hermanos, por quienes sigo luchando a pesar de las circunstancias.

A DIOS, que me ha dado otra y diferente forma de vivir.

INTRODUCCIÓN

Réquiem por un amor relata los sinsabores del desamor que, tarde o temprano, de alguna manera, hemos vivido. Cada uno de los protagonistas afronta una situación particular a su modo, para salir lo más rápido que se pueda de ella. Así lloran, sufren…, vuelven a retomar sus vidas, intentan no engancharse en el pasado; con la frente muy en alto continúan en la vorágine de sus actividades cotidianas. Con el afán de seguir adelante escalan peldaños profesionales que los alejan cada vez más uno del otro. Sin embargo, la distancia, lo único que logra es volver obsesión el sentimiento más puro, noble, sublime: el amor. Amor u obsesión… ¿Quién lo sabe? Sólo el destino, que vuelve a unir a los enamorados hasta cometer locuras de las cuales se pueden arrepentir después.

PRÓLOGO

¿Qué es el amor? Buscando encontré un sinnúmero de definiciones. Por ejemplo: atracción hacia otra persona, afecto, intensa atracción, etc. Tal vez en estos tiempos tan difíciles que nos ha tocado vivir, el amor no sea más que un sueño efímero, algo inalcanzable; o quizá sea sólo sexo.

La definición exacta se la dejo a los diccionarios o a la gente que sabe del tema más que yo, porque, preguntando, me encontré con explicaciones que dependían de la edad, del sexo de la persona y hasta del estatus social.

Lo importante es que cada quien defienda lo que a su entender es el amor. Habrá quienes digan desde lo simple como amor al trabajo, amor a lo que se hace, amor fraterno, amor paterno, amor de pareja, amor a los hijos, amor a la vida... Y todos tienen razón: somos seres que vivimos para dar y recibir amor. ¿Qué sería de nosotros sin amor? Somos más los que amamos que la gente que no lo hace. Debemos amar, amar a nuestro prójimo, a nuestro vecino, a la gente que nos rodea..., porque sólo con amor lograremos cambiar este mundo tan difícil. Sólo modificando nuestros pensamientos negativos, por amor, haremos más positivo nuestro alrededor.

Réquiem por un amor es una trama amorosa que viven dos jóvenes enamorados en la perseverancia por olvidar el pasado dejando atrás lo que los ata, lo que les hace daño, aunque en el fondo de su corazón añoran volver con el ser amado. El conflicto de hacer lo correcto o no, y las consecuencias de ello, se presentan a lo largo de la historia.

CAPÍTULO 1

—Señorita Ana Castillo León, ¿acepta por esposo al señor Mario Villanueva Torres, para amarlo, respetarlo, estar con él en la salud y en la enfermedad; en lo próspero y en lo adverso; en la riqueza y en la pobreza, hasta que la muerte los separe? —Estas son palabras que el sacerdote pronuncia. Sin embargo, pasan varios segundos, y la esperada respuesta no llega. La mente de Ana es un caos y está fija en la nada, lo que indica que no ha escuchado palabra alguna de lo que se ha dicho en la ceremonia. En el interior de la iglesia, a ambos lados de la pareja, hay bellos adornos hechos con ramos de rosas blancas, acordes a la ocasión; las luces brillantes de los candelabros comienzan a tintinear como si adivinaran la sentencia que los labios rojo carmesí de Ana van a pronunciar; como si fuera un mal presagio parpadean unos breves instantes…, instantes que se vuelven eternos en situaciones cruciales. Los murmullos de la gente, primero inaudibles, poco a poco aumentan de volumen, entonces vuelven a la realidad a la atónita novia. Súbitamente, Ana voltea su mirada hacia el hombre que está a su lado derecho; él luce espectacular: su traje gris claro es muy elegante y la gallardía con que lo porta semeja a la de un príncipe de cualquier cuento de hadas. Pequeñas gotas de sudor comienzan a formarse en la hermosa frente de la todavía no desposada mujer. Un diminuto diamante cristalino resbala por su sien izquierda. Una leve brisa mueve los candelabros, como si fuera la señal esperada. Finalmente, con voz firme, los presentes escuchan segura a la joven mujer:

—¡No! ¡No! ¡No! —dice ella. Girando sobre sus zapatillas, recoge con ambas manos los extremos del largo vestido no mancillado aún y corre a la salida del santuario sin hacer caso.

—¡Ana! ¡Ana! —grita Mario.

Pero Ana no escucha las palabras de su futuro esposo.

—¡Ana! ¡Hija! ¿Qué pasa?

Tampoco presta atención a los gritos de sus padres, familiares y amigos reunidos en fecha tan especial. Ella parece tener oídos sordos. Se aleja del lugar lo más rápido que le permite su elegante vestuario, hecho minuciosamente para esa ocasión específica. Sale del recinto. Llega a la calle. Lo único que se le ocurre es abordar el primer vehículo que pasa. Levanta la mano e inmediatamente se detiene un auto de alquiler; lo aborda. Sin pensarlo, se marcha. No lo sabe aún, su destino ha cambiado, no sabe si para bien o para mal. Después de varios minutos de viaje llega al edificio de departamentos donde está su hogar. Sale del taxi. Corre a las escaleras. Sube hasta donde está su vivienda. Al arribar a la puerta toma la perilla; la gira para abrirla.

—¡Vamos! ¡Vamos! ¡Abre ya! —grita al no poder entrar—. ¡La llave! ¡La llave! ¿Dónde está? ¿Dónde está? —Voltea desesperada a todos lados. La busca debajo de una pequeña figura de porcelana que está en el suelo al lado del acceso—. ¡Ah! Aquí estás. —La toma con mano temblorosa. Con impaciencia la introduce en el orificio. El rictus de angustia queda atrás. La alegría vuelve a su semblante. Ve que el portal cede para darle paso. Entra. Cierra de golpe. Con la respiración agitada, va a su recámara. Se tira sobre la cama. Al menos por ahora, no cierra los ojos; no quiere; no desea saber las consecuencias de sus actos. Con la mente en blanco y un sinfín de sueños rotos se queda dormida.

A la mañana siguiente, una vez pasada la euforia de su frustrada ceremonia religiosa, el arrepentimiento invade su ser; las lágrimas que sus ojos derraman sólo se comparan con las de una persona que ha perdido a su ser más querido. Se observa; ve que lleva puesto el traje de novia que con tanto esmero había buscado por semanas. Con delicadeza quita el blanco vestuario de su cuerpo, la corona, el velo que cubre su cabeza. Sentada en el taburete del tocador, mira en el espejo su cara: las huellas de las lágrimas todavía están presentes. Estira sus manos. Toma un cofre transparente. Saca unas toallitas redondas, las empapa con el líquido desmaquillante. Empieza a retirar el rímel negro que tiene a lo largo de sus mejillas. Detiene su mirar en lo profundo de sus ojos. Intenta comprender el porqué de su proceder. Ni ella misma lo puede explicar. Queda atónita, taciturna. Su cuerpo y mente están todavía en *shock*. No puede pensar; no quiere pensar. Deja pasar las horas sentada frente al espejo. Hasta muy entrada la tarde empieza a reaccionar; recobra poco a poco la serenidad de su mente: piensa, reflexiona la imprudencia cometida; sabe que su vida ha cambiado para siempre, que no tiene vuelta atrás.

Han pasado varias semanas. Ana, lúgubre, cumple sus actividades como autómata. Desde el nefasto día vive pendiente del teléfono de su casa, de su trabajo. Una lucha interna comienza cuando retorna a su hogar. No tiene deseos de comer o dormir. Las noches se han vuelto eternas. Llora, llora por la estupidez hecha. Se pregunta una y otra vez ¿dónde está Mario?, ¿por qué no se ha puesto en contacto con ella? Ni siquiera para cuestionarla por su actitud, por su decisión tan inesperada, tan sorprendente. Dice para sí: "¿Qué habrá pasado? ¿Por qué este silencio? ¿Mario se habrá suicidado? No soporto no saber nada de él".

Ana llora en silencio. Deja correr sus lágrimas por un buen rato; luego, seca su cara con la palma de la mano, con rabia, diciendo en voz alta:

—¡Claro que me esperaba esta reacción! ¿O que viniera detrás de mí después del bochorno que le hice pasar? Seguro que el pobre no quiere ni verme, con justa razón. Lo que sucedió ni yo lo puedo explicar. ¿Qué hago? ¿Le hablo? ¿Voy a buscarlo?

Estas y mil preguntas más llenan la cabeza de la muchacha. Sus ojos van de un lado a otro queriendo encontrar en las cosas la respuesta que busca. Lo mismo pasa en la oficina. De su carácter jovial no queda nada. Busca la respuesta a su proceder como si las hojas de papel, la pantalla de la computadora o el teclado de esta pudieran aconsejarle de algún modo. Truena los nudillos de sus blancos dedos. Pasa las palmas de sus manos sobre su bien maquillada cara. Sus cejas perfectamente delineadas muestran una mueca de desesperación. Sus ojos color café castaño parecen atenuarse más por el nerviosismo. Segundos después recarga su codo izquierdo sobre su escritorio. Cubre con su mano parte de su bella cara, dejando al descubierto su pequeña nariz respingada. Su boca color rojo granada, que invita al beso por no estar completamente cerrada, y sus labios pequeños, carnosos arrancan en más de una ocasión suspiros de emoción de algún hombre que se encuentra cerca. Sumida en sus pensamientos no escucha la llegada de Silvia, su mejor amiga

—¡Ey, otra vez fuera de este mundo! ¡Ya aterriza, mujer!

—¿Qué? —atina a decir Ana.

—¡Que ya pongas los pies sobre la tierra!

—Disculpa, es, que…

—Sí, lo sé, otra vez pensando si lo que hiciste fue lo mejor. No te tortures. Aunque lo desees, las cosas se dieron así y punto.

Silvia es una mujer de veinticinco años, segura de sí misma, de cabello negro, lacio, largo y sedoso, que llega a sus hombros; sabe, como toda mujer, sacar el máximo provecho del maquillaje de moda, sin exagerar. El paso de los años la ha hecho una experta en el uso de los tonos, del atuendo que debe usar a diario; por su distinguido arreglo personal, siempre luce sensacional: como toda mujer joven.

—Anda, olvídalo.

Ana, algo inquieta, comenta:

—En serio, no sé qué hacer. Dime qué debo hacer.

Silvia, tranquila, contesta:

—¿Quieres mi consejo, mi opinión, o que te diga lo que quieres escuchar?

—Las tres cosas —responde Ana.

—Bueno, entonces toma el teléfono, llámalo, no te martirices más.

Silvia le pasa el aparato telefónico a su querida amiga, sin muchas ganas. Jugando con el auricular lo mueve en su mano de un lado a otro, como si fuera el badajo de una campana. Ana no atina a tomarlo. Por fin se decide y comenta:

—Dime, querida amiga, que no fue la decisión más estúpida lo que hice.

—¿La verdad? Si yo fuera Mario te habría seguido; donde te hubiera encontrado, ahí mismo te pegaba un tiro.

—¡No seas exagerada!

—¡De veras! Digo… Yo no soy Mario, así que… ¿te decides a hablarle o no?

—¡Está bien! ¡Caramba!

Ana comienza a marcar el número memorizado. Aguarda unos segundos. Mientras escucha la marcación siente cómo su corazón palpita más de prisa. Sus manos comienzan a sudar hasta que por fin escucha una voz. Su tez, de repente, toma un tono severamente pálido…, cadavérico.

"El número que usted marcó no está disponible en este momento o se encuentra fuera del área de servicio. Gracias".

—¡Vaya, pues! —Trata de ocultar su desilusión.

—¿Qué pasa, amiga?

—¡No lo sé!

—¡Intenta otra vez!

—No... Mejor voy a llamar a su oficina. Tal vez su celular lo tenga apagado, o él está en alguna reunión, o... ¡¿Qué sé yo?!

Ana vuelve a marcar; espera impaciente. Esta vez una voz conocida le contesta:

—Campos y Asociados. Buenos días. ¿En qué puedo servirle?

—Margarita, ¿es usted? Soy Ana. Disculpe, ¿se encuentra el señor Mario por ahí? —¡Señorita Ana! ¡Válgame Dios! —La interlocutora no da crédito al escuchar la voz de quien le llama, entonces pregunta—: Pero... ¿qué pasó?

Titubeante, Ana atina a decir:

—Margarita... En... este momento no puedo contestar a sus preguntas... ¿Sería tan amable de... de comunicarme con Mario, por favor?

Margarita, como todo mundo llama a la fiel recepcionista, mujer de cuarenta y tantos años, delgada, de carácter jovial, ha servido a la empresa por mucho tiempo; se ha ganado la confianza, la estimación de los compañeros de oficina y jefes por su seriedad, su dedicación, empeño; por realizar bien los trabajos encomendados; sobre todo, por ser la confidente de la mayoría de los que la conocen; por no divulgar los secretos, de los que a veces la hacen partícipe; porque tiene que guardar silencio no porque le guste, más bien porque ha aprendido a ver y callar.

—Señorita Ana, quisiera hacerlo... En este momento no puedo... El lunes siguiente a que se pospuso la boda, el señor Mario se presentó puntual, como de costumbre, como si nada hubiera pasado, y se reunió con los señores Campos; al parecer, lo trasladaron a una de las sucursales que están en el extranjero. El lugar exacto, lo desconozco; solo los tres lo saben, a petición del señor Mario.

Algo intrigada, Ana menciona:

—Entonces…, ¿no puedes darme algún informe?

—No, lo siento. Le prometo que haré todo lo posible por averiguar el lugar donde está. ¿Le parece?

—Está bien… Gracias… Ojalá tenga noticias tuyas muy pronto.

Con la tristeza reflejada en el rostro, Ana cuelga el teléfono mientras su confidente y amiga espera con ansia que le comunique la novedad

—¿Y? ¿Qué pasó? ¿Por qué esa cara?

—Lo que menos imaginas, amiga.

Silvia, más intrigada aún, con ojos de asombro pregunta:

—¿Qué? ¡Ya dímelo!

Levantando el tono de voz, Ana contesta las preguntas:

—¡No está! ¡Se fue! ¡No está en el país!

—¿Cómo que no está? ¿A dónde fue? ¿Desde cuándo?

Hecha un mar de lágrimas, Ana no sabe qué decir, sólo mueve la cabeza en señal de negación. Pasan algunos momentos y Silvia agrega:

—Voy a calmarme. Te calmas tú… Respiro profundo… Tú haz lo mismo: inhalo, aguanto respiración, exhalo… Eso es… Otra vez. Ahora sí, vuelvo a preguntar qué pasó con Mario, a dónde fue, desde cuándo?

Un poco más tranquila, pero aún con ojos llorosos y voz entrecortada, Ana responde:

—Se marchó… el siguiente lunes después de la boda. ¿Qué voy a hacer ahora?

Al ver la preocupación de su amiga, Silvia pregunta:

—¿No sabes a dónde fue?

—¡No! Su secretaria dice que sólo él y sus jefes saben el lugar.

—¡Válgame! Esto sí es grave. No te preocupes, haremos lo posible y hasta lo imposible para localizarlo. —Moviéndose de un lugar a otro Silvia trata de dar consuelo a su apesadumbrada amiga: se acerca a la muchacha y palmea su espalda; intenta con este movimiento transmitirle un poco de apoyo, que mucha falta hace en este momento. Ana la mira con ojos llorosos, atónitos. Lo que acaba de escuchar es totalmente increíble; jamás imaginó tal reacción de su prometido. Con voz muy queda contesta por inercia, no porque comprenda todavía la magnitud de la situación, o porque muy en el fondo algo le dice que su destino, a partir de este momento, va a tomar un rumbo inesperado: pierde la oportunidad de vivir al lado de la persona que más ama en esta vida y siente que su mundo se derrumba, que sólo ella participó en dicha destrucción. Entonces finaliza diciendo:

—Sí, lo buscaremos.

En la provincia vive la familia de Mario. Son muy conservadores, apegados a las tradiciones y costumbres del lugar. Aunque están en la capital del estado, su forma de pensar, de actuar se mantiene no viviendo en el pasado, más bien con los valores que muchas familias han perdido, como la unión, el respeto, cariño, el estar juntos, apoyando en cualquier circunstancia al miembro de la familia que lo necesite. Mago, la madre de Mario, mujer de sesenta y cinco años, aún conserva gran parte de la belleza que caracteriza a la mujer de esa región: de rasgos agradables a pesar de su edad, porte gallardo, figura estética, ojos grandes, expresivos; el cabello lo lleva hasta los hombros; su peinado es elegante en su rizada cabellera. Platica en esos momentos con Lucía, su prima hermana, quien le lleva dos años de edad de diferencia y la ha ido a visitar. Ambas mujeres comentan mientras beben café. Las dos han terminado de comer. Después de levantar los platos, están haciendo la sobremesa. La madre de Mario dice:

—Él se encuentra bien.

Su prima contesta con tono de enfado:

—¡Debe estar bien! Si Ana no estaba segura de querer casarse todavía, por qué permitió que las cosas llegaran hasta ese extremo.

—Bueno... La situación se dio como tenía que ser, ¿no crees? —contestó Mago.

—Sí, pero el pobrecito de Mario es el que está sufriendo

—En eso tienes razón. Pobre de mi hijo. —Bebe un sorbo de su café para luego continuar—: Se quedó pasmado dentro de la iglesia, sin saber qué hacer; cuando reaccionó, Ana había tomado un taxi. Por más que intentó alcanzarla no lo logró.

Tomando la taza con ambas manos, Lucía agrega

—Y... no piensas... Digo... Tal vez... es mucha mi malicia... ¿No crees que fue mucha la casualidad que inmediatamente que la muchacha salió del templo haya encontrado el taxi tan a la mano?

—Lo mismo pensó Mario. Como te diste cuenta, sus hermanos y yo nos quedamos toda la noche con él en su departamento esperando que Ana apareciera, y nada. Con el paso de los minutos vi cómo iba cambiando la expresión en la cara de mi hijo: desesperación, primero; luego, tristeza. Hasta lloró con Andrés. Nunca había visto sufrir a mi muchacho de esa manera. Finalmente, el semblante en su rostro se volvió frío y en ese momento tomó la determinación de marcharse.

—Lo recuerdo bien. También estuve ahí. Las palabras que dijo... Nos hizo jurar que nunca, nunca nos comunicaríamos con Ana, porque, para él y todos nosotros, ¡ella había muerto! O darle cualquier recado en caso de que ella se comunicara. Ya ves, no lo ha hecho. Las dos mujeres están en plena charla cuando súbitamente son interrumpidas por Mónica, la hermana menor de Mario, quien al verlas se acerca, las saluda cual muchacha universitaria de buena educación. Da un beso en la mejilla a cada una de ellas mientras comenta:

—¡Hola, mamá! ¡Hola, tía! Están hablando nuevamente de Mario y Ana… Párenle, ¿no?

—Hija, lo único que decimos es que tu hermano está bien —agregó Mago.

—Sí, que hasta el momento está haciendo lo posible para tratar de olvidarla. Le va a costar mucho trabajo, pero sé que lo va a lograr —señala Lucía.

—¡Ojalá! De lo contrario, mi hermano se convertirá en un hombre gruñón, amargado. Los dos días que estuvo aquí parecía como si alguien hubiese fallecido: nadie hablaba, nadie comentaba; era muy incómodo estar así; era como… como si estuviésemos llevando luto por alguien.

Al escucharla, su madre prefiere cambiar de tema:

—Hija, ¿te sirvo de comer?

—Sí, ma, tengo mucha hambre. ¿Me haces el favor?

En un lugar muy lejano, para ser exactos, en la ciudad de Buenos Aires, Mario trabaja incansablemente; es la única forma que encuentra para distraer su mente. Le ayuda a olvidar lo sucedido, aunque hayan pasado varios meses. El lugar no le agrada del todo. Está haciendo lo posible para adaptarse y no pensar en regresar a México, al menos por un buen tiempo, tal vez por algunos años.

—Señorita Mauri, ¿viene un momento, por favor?

La secretaria escucha la voz varonil detrás del auricular.

—Enseguida, licenciado —contesta ella con voz melosa.

Mauri es una chica de escasos veintiún años. Se levanta de su pequeño escritorio haciendo a un lado su sillón; toma su libreta y un lápiz. Es una muchacha de tez blanca y afilada, con cara de inocencia que la hace parecer más joven aún.

El trayecto a la oficina de Mario es corto. Mauri se detiene en la puerta de la oficina, toca suavemente; no espera respuesta, abre enseguida. Escucha la voz de su jefe decir:

—Pase, Mauri.

Ella entra, aguarda un momento sin hacer ruido. Mario está hablando por teléfono en ese momento; al verla le indica con la mano que tome asiento. Frente al escritorio del muchacho se encuentra un sillón cómodo, deslizable, de color café oscuro, que hace juego con todo el lugar. La oficina está sobriamente amueblada, de gusto elegante, refinado. La joven secretaria toma su lugar en el sitio indicado, discretamente acerca el sillón un poco más al escritorio, lo hace con tanto sigilo como felina al acecho de su presa; el movimiento es tan delicado que Mario no lo nota.

—Sí, señor Campos, perfectamente. Sí. Adiós. Hasta luego. —Son las palabras que la muchacha escucha antes de que Mario coloque el teléfono en su lugar. El joven se levanta lentamente dándole la espalda a la secretaria; camina unos pasos; llega a la ventana. La persiana abierta le permite ver el paisaje citadino. Su mirada se pierde en el horizonte; así permanece unos instantes hasta que ella lo saca de sus pensamientos.

—Licenciado, disculpe, ¿se le ofrece algo?

Él, sin volverse, con la mirada fija en la lejanía contesta:

—¿Eh?... Sí. Tome nota, por favor: necesito el informe del último embarque enviado a México.

—¿Es todo?

—Sí, es todo. Gracias.

—Está bien, en cinco minutos le traigo los documentos.

—Se lo agradezco, Mauri.

Él da por terminada la conversación. La chica así lo entiende. Ella no se marcha inmediatamente: se levanta, se acerca, queda detrás del joven...; con su mano intenta tocar la espalda de este. Mario está tan absorto en sus pensamientos que no nota su acción. La muchacha, en el último momento, se arrepiente; da media vuelta, se aleja. La alfombra impide que el muchacho escuche sus pisadas: él está absorto viendo hacia un punto indefinido del horizonte con la vista perdida en todo, en la nada, a la vez que sus pensamientos llenan por completo su cabeza: "México... Ana... ¿Por qué no te olvido? ¿Por qué?".

Mauri teclea los datos en la computadora. Mientras espera la información se pregunta muy quedamente: "¿Qué tiene? ¿Por qué siempre está tan distraído? Soltero es, porque no porta anillo de matrimonio. ¿Qué le pasa? Novia tampoco creo que tenga, durante el tiempo que lleva aquí no ha mencionado el nombre de ninguna mujer que no sea el de su madre... ¡Averiguaré cuál es su secreto!".

Allá en la lejanía, hace más de un año que Ana inesperadamente suspendió la boda; desde ese día no ha encontrado consuelo a su desatinada decisión. Se ha vuelto pensativa. La alegría que tenía por la vida ha quedado atrás, olvidada en el pasado, igual que el hermoso vestido de novia que una vez llevó puesto, que de igual manera está en el recuerdo, guardado en una caja de cartón, empolvándose en un rincón del clóset con el tiempo.

Silvia, como todos los días, entra a la oficina y se dirige a su amiga:

—¡Hola! ¡Buenos días!

—Buenos días, Silvia, ¿cómo estás?

—¿Cómo estoy? ¿Cómo estás tú? ¿Otra vez pensativa?

—Sí, amiga, disculpa. Basta estar un momento a solas... Comienzo a pensar en él; recuerdo los detalles que tenía para conmigo; cómo nos divertíamos; cómo nos besábamos; cómo nos amábamos. —Ana guarda silencio ahogando un suspiro. Silvia comenta:

—Una cosa no me explico y siempre me pregunto: si dices amarlo todavía, que lo amabas de igual manera, entonces ¿por qué no aceptaste casarte con él?

Con la voz entrecortada por la emoción, Ana contesta:

—Por... ¡tonta! ¡Porque... sentí que si me casaba... tarde o temprano terminaría su amor por mí! ¡Porque... llegaría la monotonía de la vida conyugal!

Al escucharla, Silvia comenta:

—No lo sabrás nunca, como tampoco sabrás cómo habría actuado con el paso de los días. Tal vez te amaría más o tal vez hubiera dejado de quererte... Eso quedó atrás.

—¿¡Qué importa lo que suponga!? En este momento ya no tiene sentido —finaliza diciendo Ana a los comentarios de su amiga.

Evocar nuevamente a Ana le llena a Mario el pensamiento de nostalgia. Cada vez que cierra los ojos, su mente recrea el rostro tan amado de la que sigue siendo el amor de su vida; recuerda perfectamente cada una de las líneas de su cara bien definida: su cabello castaño algo ondulado cayendo como cascada hasta los hombros; las delgadas líneas de las cejas sirven de marco a unos hermosos ojos; cada vez que los veía, los encontraba más bellos por su singular color, empezando con un tenue círculo verde olivo seguido de un café claro con destellos amarillos, como pequeños soles irradiando luz, luz que al contemplar le hacían palpitar el corazón con más fuerza. Recuerda que sentía en el estómago mariposas revolotear la primera vez que se vio en esos ojos, y no pudo más que pensar para sus adentros: "Dios, ¿qué me pasa? ¡Jamás había sentido esto! Creo que esta es la chica que siempre esperé". Recordaba cada detalle de su figura, cada rincón de su bien formada anatomía. Ahora creía ver a Ana en cada mujer que visualizaba en la calle. Siempre esperaba encontrarla caminando hacia él, con el paso garbo que sólo ella sabía dar.

Mario se ha distinguido en su trabajo por ser sumamente serio, en muy contadas ocasiones asiste a cenas o comidas de la empresa; si es indispensable su presencia acude a ellas, de otro modo suele evadirlas con cualquier pretexto. El contacto social no le importa, su respuesta, aunque cortés, siempre es negativa cuando se trata de alguna reunión que no es de trabajo. Él es el reto más grande de cuanto sexo femenino labora en el lugar; pero Mario nunca da esperanza, habla de cuestiones que tienen que ver con los proyectos que realiza sin tocar en absoluto su vida personal. Sumido está en uno de sus pensamientos, cuando escucha pequeños golpecitos en la puerta al mismo tiempo que se abre, seguida de la voz de Mauri:

—Licenciado Mario, el ingeniero Saldívar le aguarda en su oficina.

—Gracias, en un momento le veré. —La guapa secretaria cierra la puerta. Mario, con paso firme, pausado, sale de su oficina, avanza sobre el pasillo los metros que le separan para encontrarse con su colega y amigo. Sin titubeo abre la puerta, entra diciendo—: Hola, Roberto. ¿Se te ofrece algo? —el ingeniero Saldívar, hombre de cuarenta y cinco años, alto, atlético, bien parecido, en ese momento sentado en su sillón de piel color vino, lee un documento; al ver a Mario, levanta la vista, se quita los anteojos, sonriendo contesta:

—Hola, Mario, ¿cómo estás? —Los lentes que trae en una mano los coloca en el escritorio; los papeles que trae en la otra los deposita al lado de los anteojos. Levantándose de su asiento, extiende su brazo para saludar a su colega. Mario regresa el saludo estrechando su mano y dice:

—Bien, gracias. ¿Qué noticias tienes?

—La secretaria del licenciado Roland envía tu boleto de avión; aquí tienes, sales a las nueve en punto por la mañana. ¿Listo para regresar a tu terruño?

—Sí, primero, resolveré el asunto de la empresa, no creo tardar más de dos días. Aprovecharé mi estancia allá para pasar unos días con mi familia.

—Me dices que tus padres viven en la provincia.

—Así es, por lo que tendré que volar nuevamente de la ciudad capital, a mi tierra natal.

—¿Te tomarás toda la semana? Te pregunto para confirmar.

—Sí, estaré aquí de regreso hasta el próximo lunes por la tarde —contesta Mario firmemente.

—De acuerdo —asienta Saldívar agregando—: Saludos a los capitalinos y, por supuesto, a tus padres también.

—Gracias —dice Mario con voz emocionada y añade—: Me muero de ganas de ver a mis viejos. —Luego toma el boleto que le extiende Saldívar. Se abrazan efusivamente. Mario sale del lugar y vuelve nuevamente a su oficina; continúa con las labores del día. Termina la jornada como cualquier otra. Llegada la hora de salida, toma un fajo de carpetas, revisa una memoria electrónica, su agenda; checa que todo esté en orden; guarda todo dentro de su portafolios de piel color negro, al cual cierra cuidadosamente; lo toma con su mano derecha; camina a la salida de su oficina, dirigiéndose a la puerta del edificio; con voz amigable saluda al guardia de seguridad: don Toño, como todos lo conocen, quien es un hombre de cincuenta y cinco años en quien las canas de sus sienes y bigote han comenzado a aparecer; su figura robusta le hace parecer más alto de lo que en realidad es; su cara siempre sonriente parece ser la de una persona amable en quien se puede confiar plenamente. Al ver a Mario, le saluda cortésmente:

—Hasta luego, señor, que tenga buen fin de semana.

—Igualmente, don Toño —contesta Mario de manera automática, como todos los días lo ha venido haciendo durante los últimos meses. Camina hasta el estacionamiento de la empresa; busca su automóvil con la mirada; al localizarlo, se dirige hacia él. Saca del bolsillo izquierdo de su pantalón un juego de llaves. Oprime el botón para quitar el seguro. Abre la puerta del conductor. No tiene prisa. Como algo rutinario, introduce el portafolios en el asiento de atrás, sube al vehículo; cierra la puerta metálica; abrocha el cinturón de seguridad; introduce la llave dentro del *switch*. Enciende el coche. El automóvil inmediatamente deja escuchar su potente motor de seis cilindros: es un auto deportivo color plateado con quemacocos. Mario pisa suavemente el acelerador; conduce con tranquilidad disfrutando el paisaje citadino. Hace ese mismo recorrido diariamente a esa hora por la tarde; le toma treinta minutos, aproximadamente, de su departamento a la oficina y viceversa. Ese tiempo lo aprovecha para escuchar música romántica de antaño. Le gusta porque desde niño la escuchó. A su madre le encanta. La escuchaba también cantar. Ella se autonombra una mujer "romántica". Siempre le menciona a Mario que nunca dejará de escuchar este tipo de música; él, al principio, no le prestaba mucha atención a la letra de las canciones, pero con el paso del tiempo le fue encontrando "sabor", hasta se identificó con muchas de ellas.

Cuando le llega la nostalgia a Mario, como en este momento, prefiere no oír las canciones; siente que, de hacerlo, es capaz de ponerse a llorar o beber hasta caerse de borracho. Muchas veces estuvo tentado a embriagarse hasta perder la razón; está seguro que de hacerlo su cordura lo traicionaría: no sólo intentaría llamar por teléfono a Ana, sino que sería capaz de regresar inmediatamente a su lado, dejando trabajo y orgullo, e iría a buscarla. Si hubiese escuchado al menos una sola vez su voz, esa voz que tantas veces le juró amor, esa voz que siempre tuvo a su lado, que lo acompañó en muchas, diversas e importantes fechas de su vida; que estuvo cuando festejó triunfos; también apoyó cuando algo salió mal…; por esa sola vez él abandonaría lo más preciado para cualquier hombre:

SU HONOR. Sin embargo, esa voz, ese sonido tan dulce está tan lejos... Y, aunque es mucha la distancia, el tiempo no ha podido borrarlo de sus oídos. Mario suspira, suspira porque la melancolía que siente le ha hecho recordar trayendo a su mente otra vez la imagen de la mujer que ama, a quien, por más intentos que hace, no puede olvidar.

El día de hoy se dirige a su departamento a descansar lo que resta del día sábado. El domingo se levanta por la madrugada. Prepara sus maletas de viaje. A muy temprana hora el claxon de un taxi le avisa que es hora de partir. Llega al aeropuerto. Sin prisa realiza el protocolo para poder abordar el avión que lo llevará a su país, a su terruño del alma. Sin contratiempo Mario llega por la noche a Ciudad de México.

—¡Licenciado Villanueva! ¡Licenciado Villanueva! Por aquí. —Mario escucha una voz que le llama, un hombre se va acercando a él, sin dejar de hablar—: ¡Permítame su equipaje, señor! Soy Alfonso, su chofer.

Al escuchar esas palabras el rostro de Mario refleja asombro e incertidumbre, agregando:

—¿Mi chofer? ¡Yo no contraté ningún chofer!

El hombre desconocido hasta ese momento contesta:

—Usted tal vez no, señor, pero el ingeniero Saldívar avisó la hora de su llegada. El licenciado Roland pidió que se le proporcionara a usted automóvil y chofer. Ambos señores coincidieron en que usted estaría cansado del viaje.

El chofer apenas si le da tiempo de pensar a Mario; trae ya en sus manos el portaequipaje de color café oscuro donde Mario guarda la ropa y enseres personales que usará en la semana que pasará en México. Ambos hombres caminan por la sala de llegada y enfilan hacia la puerta de salida. Alfonso, el chofer de cincuenta y tantos años, es de figura regordeta, ojos vivarachos, amplia sonrisa; su cabeza está completamente cubierta de canas blancas; la gordura de su cara deja ver el paso del tiempo, muestra un semblante alegre, sin preocupaciones. El hombre de figura pesada se adelanta un poco para activar con su cuerpo el sensor que abre la puerta de cristal; lo sigue Mario, quien con paso firme camina como autómata: en su semblante se dibuja una mueca que quiere convertirse en sonrisa. A pesar de todo, retorna su mente a la ciudad que le trae tantos, tan variados recuerdos.

Afuera en el estacionamiento, el chofer abre la puerta de un auto color azul marino; en su interior se aprecian los asientos de piel color gris, la alfombra impecable. Antes de subir a su interior, Mario echa un leve vistazo, voltea a ambos lados, como buscando a alguien; respira profundo y piensa: "Heme aquí nuevamente, mi tierra querida". Sus pensamientos son interrumpidos por la voz del chofer asignado:

—¡Señor! ¿Lo llevó al hotel donde tiene su reservación o prefiere ir a algún lugar en especial?

—Lléveme al hotel Alfonso. El resto del día lo descansaré. Mañana lunes lo espero a las ocho treinta en la mañana. Sea puntual, por favor.

—Señor, puntualidad es mi apellido. —Alfonso cierra la puerta del conductor, abrocha el cinturón de seguridad, enciende el motor del vehículo. Automáticamente se escucha la música alegre y bullanguera del estéreo, deleitando con sus notas los oídos del viejo que tararea la tan conocida cumbia que, aunque no es nueva, sí ha sido popular y no ha perdido seguidores. Luego, discretamente, Alfonso baja un poco más el volumen, agrega—: ¿Le agrada la cumbia, señor, o prefiere que cambie a alguna estación o canción en especial?

Mario, sin prestar atención, dice:

—Está bien, Alfonso, hacía mucho tiempo que no escuchaba esa melodía.

Enseguida Mario vuelve a guardar silencio; a su mente llegan los recuerdos de una fiesta familiar en la casa de Ana cuando, entre giros y saltos, al ritmo de aquella música, sin haberlo pensado antes, se atrevió a preguntarle: "¿Quieres casarte conmigo?". Recuerda que Ana dejó de bailar de golpe; se soltó de sus brazos, abrió sus lindos ojos, y no pudo pronunciar sonido alguno. Lo intentó, pero nada. Al no obtener respuesta, Mario volvió a decir: "Llevamos un buen tiempo viéndonos, creo que compartimos cosas en común; lo más importante: nos amamos o al menos eso siento por ti... Tú, ¿qué sientes por mí?". Después de unos segundos, Ana por fin pudo decir algo: "¡Sí, te amo, sí, sí, sí, acepto casarme contigo!"...

—Listo señor, llegamos. —La voz de Alfonso saca de golpe a Mario de sus recuerdos. El hombre mayor abre cortésmente la puerta del pasajero. Mario sale de su interior, camina unos pasos, entra al *lobby* del lujoso hotel, seguido por el botones, quien lleva en ambas manos el equipaje que le ha proporcionado el chofer del auto. Mario da sus datos al encargado para verificar su reservación. Con paso normal, sin prisa, llega al elevador, donde es esperado por el prestador del servicio, el cual, luego de preguntarle a dónde se dirige, oprime el botón correspondiente para llevarlo al piso mencionado. Después de unos breves minutos, vuelve a abrirse la puerta. Mario sale del pequeño cubículo de escasas dimensiones decorado elegantemente.

—A su derecha, señor. —Mario escucha la voz del botones que lo espera a la salida del elevador y lo conduce hasta la puerta de su habitación. Ambos hombres llegan a una puerta de madera de color caoba. El sujeto del hotel, de estatura mediana, introduce una tarjeta dentro del mecanismo hecho ex profeso. Se escucha un diminuto sonido electrónico. La pesada puerta se abre lentamente dejando ver la elegancia de la habitación: dentro, hay una pequeña lujosa sala modernista; los sillones están cubiertos con piel blanca e invitan al descanso; las bases de las lámparas y la mesa para café son negras, lo que hace el contraste perfecto del buen gusto del diseñador. Las paredes de la gran habitación están adornadas con grandes pinturas modernistas, hechas por pintores desconocidos, que complementan la línea de la decoración. De frente al sillón más grande hay una chimenea en color blanca. Arriba de esta hay dos figuras de aproximadamente cuarenta centímetros cada una; viéndolas de repente parecen ser dos pedazos de mármol negro sin forma alguna; pero al observarlas detenidamente aparecen las siluetas de un hombre y una mujer sentados cada cual en extremos opuestos tratando de alcanzarse con las puntas de los dedos de las manos mutuamente, sin lograrlo. En medio de la recámara está la cama *king size*, cubierta de finas sábanas, almohadas blancas que contrastan con las mesas de noche. La cabecera de fina madera también es negra. Los ventanales de piso a techo dejan ver la inmensidad de la ciudad capital, dando paso a la luz del día que en ese momento es bastante luminosa todavía—. Es todo, señor. ¿Necesita algo más? —pregunta el botones.

—No. Gracias. Estoy bien. Mario saca de su billetera la propina adecuada. Ambos hombres extienden sus manos simulando un saludo, saludo comprado sin más cortesía o amabilidad que la de un extraño, un desconocido brindando sonrisas por doquier, al fin y al cabo, su trabajo es hacer sentir al huésped un ambiente de calidez familiar, que está muy lejos de ser un verdadero hogar.

Solo, en su habitación lujosa, fría, Mario se acerca a la amplia puerta corrediza de cristal que da al balcón, la cual abre. Sale a respirar un poco de aire. Apoya ambos brazos en el barandal de mármol blanco. Cierra los ojos. Escucha el bullicio de la gente, el ir y venir de los autos, el silbato del agente vial. Abre los ojos. Observa el paisaje citadino. Fija su vista en un punto determinado. Dice para sus adentros: "Sin proponerlo estoy de regreso. ¿Valdrá la pena el viaje? No. ¡No! ¡No puedo pensar una y otra vez lo mismo!". Da un golpe seco al barandal de mármol con el puño cerrado. Se retira. Entra a su habitación y cierra bruscamente el gran cristal. Corre las pesadas cortinas. El lugar mantiene una semioscuridad y tranquilidad absolutas. Afuera ha quedado una vez más la algarabía, la vida que continúa, que sigue su marcha sin esperar a nadie… por nada.

"¡Rin, ring, ring!".

Mario escucha el timbre del teléfono. Se mueve lentamente entre las sábanas y el edredón de la cama. Estira la mano para tomar el auricular:

—Sí.

Una voz masculina habla del otro lado de la línea:

—Buenos días, señor. Son las siete de la mañana. Usted solicitó le llamáramos a esta hora.

—Gracias —responde Mario y vuelve a colocar la bocina en su lugar.

Quitándose las sábanas, Mario se sienta; pasa ambas manos por su cabeza y sacude su pelo para despertarse completamente, costumbre que adquirió con el paso del tiempo. Se calza las pantuflas. Se levanta. Los músculos de su cuerpo no son los de un levantador de pesas, pero tienen el tamaño suficiente para cubrir las expectativas de la mayoría de las mujeres jóvenes. Se encamina a la regadera. Se desliza a su interior. Abre la llave caliente, luego la fría. Se baña con calma haciendo la rutina de todos los días. Finaliza rasurándose, agregando un poco de crema hidratante a su rostro. Pasa una toalla blanca por todo su firme cuerpo, secando las gotas de agua que quedaron adheridas. Desnudo sale de la regadera buscando con la mirada la maleta de viaje donde lleva su ropa y el portatrajes que el día anterior el botones había colocado sobre uno de los sillones de la sala. Se encamina hacia el equipaje. Abre uno de los cierres metálicos de la maleta café, sacando la ropa interior, calcetines, los zapatos que usará ese día; busca en el portatraje el saco, camisa, pantalón que hagan juego con el atuendo elegido. Se viste con ellos. Coloca la corbata seleccionada alrededor de su cuello, realizando el ritual acostumbrado para que quede anudada correctamente.

"¡Rin, ring, ring!", vuelve a escuchar Mario el timbre del teléfono.

—Sí —contesta Mario a la vez que escucha una voz femenina.

—Señor, su chofer lo espera en el *lobby*.

—Gracias. En un momento estoy con él. —Cuelga. Toma su portafolios, lo abre, revisa que los documentos estén ahí, cerciorándose de que no falte nada; lo cierra, lo toma con la mano derecha, avanza a la salida de la habitación: en el corredor, caminando observa las pinturas que adornan las paredes de ambos lados. Llega al elevador. Oprime el botón. Entra en el pequeño cubículo, donde lo espera el encargado de conducirlo.

—Buenos días. ¿A qué piso?

—Buenos días. Al *lobby*, por favor.

El trabajador pulsa el botón que señala la planta baja. Breves minutos han pasado. Una vez que se abre la puerta automática ve que Alfonso le aguarda con una sonrisa. El hombre amable cordialmente le saluda:

—Buenos días, señor. Por aquí, por favor.

—Buenos días, Alfonso.

Ambos hombres llegan al mostrador. El huésped entrega la tarjeta, se dirige a la entrada del hotel. El portero les da paso a ambos saludando a Mario:

—Que tenga un buen día señor.

—Gracias —contesta él.

Al estar afuera del edificio, de golpe llega a sus oídos el ruido del tráfico, la gente que va, que viene, el vendedor del periódico en la esquina. Alfonso, cortésmente, abre la puerta del pasajero del auto mientras comenta:

—¿Durmió bien, señor?

—Sí. Gracias.

Una vez dentro del automóvil, los dos empiezan a conversar sobre temas de poca trascendencia: del clima, el tráfico, el vuelo, de los equipos de futbol, mientras escuchan en las bocinas del vehículo las cumbias que hacía algún tiempo Mario bailara con alegría junto a la mujer que le había inspirado toda clase de sentimientos amorosos, a la que con todas las fuerzas era capaz de amar, a la que amó con ternura, como se quiere a un niño; con pasión, como el mejor amante; a la que le brindó cariño, comprensión; a la que llenó de detalles. Ella le hizo sentir lo que jamás nadie había logrado. Por eso pensó que Ana era la mujer que completaba su existencia, que los dos se amaban de tal manera que nunca, nunca se separarían.

Los días que le siguieron fueron como cualquier otro en su rutina de trabajo: asistir a reuniones, estudiar proyectos, llenar informes, etc. El tiempo que Mario está en la ciudad pasa rápidamente.

—Espero que no haya tenido contratiempos los días que estuvo con nosotros —se dirige a él una colega.

—No, todo se llevó a cabo según lo planeado, gracias por preguntar.

Sin decir más, Mario da media vuelta, llevando en su mano su portafolios, único objeto que le acompaña a todas partes. Con su paso característico sale de la oficina luciendo como siempre su impecable atuendo; su porte lo distingue de los demás; la gallardía con la que camina le hace ver seguro de sí mismo. Es lo que proyecta a los demás. Su estatura de un metro con setenta y cinco centímetros, y su complexión regular le ayudan a que toda la ropa que viste se le vea bien. Las facciones de su cara no son muy finas: sus cejas son negras, pobladas, pestañas pequeñas, algo onduladas, nariz y boca regular; el cabello lo lleva corto. A pesar de eso, los rizos de su ensortijado pelo se asoman, le hacen ver como el hombre de los sueños de muchas mujeres. Rasurado perfectamente, el perfume que nunca olvida ponerse hace que las compañeras de trabajo, secretarias y demás féminas volteen a verlo a su paso.

Mario sumido en sus pensamientos, con la firme actitud de no involucrarse sentimentalmente en esos momentos, nunca toma en cuenta los saludos de mano que le ofrecen algo más o las sonrisas coquetas de alguna secretaria soltera, o a veces el roce intencional de alguna más atrevida. Como si llevara luto por alguien ha cerrado su corazón y sentimientos. No quiere volver a sufrir como antaño. ¿Acaso el amor no conlleva sufrimiento? Si los pequeños logros requieren esfuerzos extras, entonces por un gran amor, o tal vez el único y verdadero amor, ¿no vale la pena dar la vida?

Mario no perdona el rechazo que Ana le hizo frente al altar. ¿Qué le duele más? Ni él mismo lo sabe; tampoco comprende si fue el dolor de saberse rechazado o haber quedado frente a familiares y amigos como un tonto. Tal vez ese sea el motivo por que hasta ahora no haya querido hacer contacto con ella, porque para él, ella dejó de existir; ella, la mujer con la que pensaba compartir todo: su vida, sus sentimientos, sus triunfos, sus fracasos, sus penas, sus alegrías.

Recordaba que aquél fatídico día no pudo articular palabra después de escuchar el rotundo, seco y frío ¡¡NO!! En su memoria quedó registrado que él salió detrás de Ana. Evoca el silencio sepulcral de los primeros momentos dentro de la iglesia. Su memoria recordó que el lugar lucía espectacular; el aroma de las rosas y orquídeas llenaba el ambiente; el follaje verde que las enmarcaba; los grandes candelabros, los moños enormes, la gruesa alfombra roja... no fueron capaces de detener a la novia que, luciendo su inmaculado vestido blanco, salió corriendo del lugar, dejando a su paso, primero, silencio total; luego, murmullos que fueron elevándose hasta convertirse en gritos de asombro, llanto de su madre, desmayo de la que sería su suegra.

Mario recuerda que sin decir una palabra sale corriendo del lugar. Sin atender los llamados de sus hermanos, de sus amigos, de nadie abandona el santo recinto sin voltear atrás. Sabe que, de hacerlo, no podría explicar nada. No sabe qué decir o hacer. Con cada paso que avanza, Ana se aleja. Con cada metro de distancia que el novio recorre hay un capítulo que cierra de su reciente vida. En ese momento, Mario se sintió como el animal que, para liberarse de la trampa que lo aprisiona, decide, aunque duela, cortar la extremidad que lo ata, desgarrando con uñas y colmillos su propia carne, para finalmente quedar liberado y continuar con su vida.

Sin mayor problema Mario desocupa la lujosa habitación del hotel. El tráfico a esa hora de la tarde es intenso. Llega al aeropuerto. Sube al avión sin mayor contratiempo, según lo planeado. Viaja a su ciudad natal. Después de varios minutos de vuelo, puede por fin ver a sus padres y hermana, que están ansiosos: lo esperan en una de las salas del lugar.

—¡Hola! Mamá, papá. ¿Cómo están?

—¡Bien, hijo! —dice su madre, quien con un fuerte abrazo y un beso en la mejilla lo recibe. Ella es una mujer de mediana estatura: apenas llega al metro sesenta centímetros; en su cara se refleja la alegría de ver nuevamente al hijo que partió meses atrás.

—Hola, hijo. ¿Cómo estuvo el viaje? —pregunta don Ricardo, el padre, señor de sesenta y tantos años, cabello similar al de Mario; su cabeza ya pinta en canas; su rostro muestra cariño y entusiasmo. No disimula el gusto que siente al estrechar a su ser querido.

El muchacho devuelve el abrazo, sentimiento de afecto que tiene para con los dos seres que le dieron la vida.

—¡Hola, galán! —menciona su hermana Mónica, joven de veinticinco años, de tez blanca, cuya cabellera de tono rojizo y lacio es el marco perfecto para su piel; sus ojos son enormes, color café, de cejas delineadas, igual que el contorno de su boca; su nariz, de corte perfecto, hace que se cumpla el dicho de "mujer bella de aquí es".

—¡Hola, Moni! Querida hermana, estás más bonita que nunca. ¿Cuántos corazones has roto desde que me fui?

—Ninguno, tonto. Sabes bien que estoy comprometida; además quiero mucho a mi novio. —Mónica da un beso en la mejilla a su adorado hermano.

Después de recoger el equipaje, salen del aeropuerto y se dirigen al enorme estacionamiento. Caminan unos minutos. Mientras charlan abordan la camioneta familiar color verde gris.

—Con cuidado, hermanita, no vayas a estamparnos en la salida. Abrochen bien su cinturón de seguridad. Persígnense. Saben el dicho "Mujer al volante...".

Mario bromea con su joven hermana. Todos al unísono sueltan la carcajada. El trayecto del aeropuerto a la cómoda casa de los padres del muchacho se hace corto por la amena conversación en la cual participan hablando de diversos temas, especialmente del trabajo, de la salud de cada uno de ellos, de los primos, de los abuelos, de los amigos más cercanos.

Llegan a la casa paterna, donde su hermano mayor y el resto de la familia los espera en la sala. El muchacho saluda a los presentes, que recíprocamente devuelven el afecto. Cenan opíparamente. Durante la sobremesa familiar los parientes se marchan. Hasta entrada la noche la casa se va quedando tranquila. Mario camina a la sala, donde enciende la chimenea, no porque tenga frío, sino para recordar viejos tiempos; por unos momentos observa el fuego, entonces va hacia la barra de la cantina. Sin poner atención toma una de las botellas, la abre sin prisa; busca con la mirada una copa, la toma, sirve en ella una cantidad generosa de licor. Con la copa en la mano, regresa a sentarse en un sillón justo enfrente de la chimenea. Da un trago. Paladeando el sabor, cierra los ojos. El cansancio se apodera de su cuerpo. El sueño le vence y comienza a soñar: se ve a sí mismo siendo un adolescente, vistiendo ropa informal, pantalón de mezclilla, playera casual azul cielo, zapatos negros; observa un camino que no tiene fin. Es de día, porque ve el color verde en los árboles, la yerba espesa, el cielo azul. Repentinamente, comienza a caer una fina lluvia. Mario levanta la cara para disfrutar del agua cayendo por su piel. En ese momento siente que alguien tira de su pantalón… Ha dejado de llover. Él baja la vista; a su lado derecho se encuentra un niño pequeño, que, viéndole bien, no debe tener más de tres años. Mario se inclina y se dirige a él: "¡Hola! ¿Cómo te llamas?". El niño lo observa, sonríe. Mario vuelve a preguntar: "¿Dónde está tu mamá? ¿Estás solo?". No obtiene ninguna respuesta. El chiquitín vuelve a sonreír; le suelta el pantalón, comienza a correr adentrándose entre la maleza. "¡Ey! ¡Pequeño! ¿A dónde vas? ¡Te vas a perder! ¡No corras!". El muchacho siente desesperación y culpa por no poder detenerlo. Aunque corre detrás del niño, no logra darle alcance Escucha su respiración entrecortada por el esfuerzo. Grita para ser escuchado: "¡Niño! ¡Niño! ¿Dónde estás?".

Mario abre los ojos y observa el lugar. El fuego en la chimenea se ha consumido. La tenue luz de los primeros rayos del sol se filtra a través de la delgada tela de las cortinas. La sala está tal y como la recuerda: no hay grandes cambios, ahora los sillones de estilo clásico son de diferente color; las mesas para café son color caoba; las lámparas conservan el mismo tono de siempre y preferido de su madre, el verde pistache. En la habitación sin divisiones se observan también el comedor, la pesada mesa; las ocho sillas alrededor invitan a sentarse; la vitrina deja ver a través de sus cristales la lujosa vajilla, la exquisitez de vasos y copas que en varias ocasiones han sido usadas para eventos especiales, como aquella en la que informó a sus padres el deseo de casarse: "¿Estás seguro de querer dar ese paso tan importante en tu vida?", cuestionó su madre; a lo que él contestó: "Muy seguro". Recuerda que abrió una botella de Tequila, sirvió varios "caballitos", los distribuyó a cada uno de sus familiares agregando: "Familia, me caso; por fin, encontré a la mujer de mis sueños. No pienso dejarla escapar". Todos al unísono mencionaron: "Bravo". "Felicidades". "En hora buena". Unos lo abrazaron. Otros lo besaron. Su madre lloró de emoción.

Mario suspira por los recuerdos de aquel día; se levanta; camina por el amplio corredor adornado a ambos lados por cuadros de paisajes de varios autores de la localidad. Al lado izquierdo, está su recámara; se encamina hacia ella; entra; enciende la luz; observa. Sus cosas están intactas, tal y como las dejó la última vez que estuvo allí, antes de su partida para irse a trabajar a ciudad capital, aproximadamente cinco años atrás. Visitaba frecuentemente a sus progenitores, aun así extrañaba de vez en cuando el cálido hogar paterno. El cubrecama color azul marino con grandes rombos le recordaba los días en los que su única preocupación eran las calificaciones o la exposición de algún tema. Las dos mesitas de noche, una en cada lado de la cama, pintadas de color café claro, hacían juego con la cabecera ausente de adornos. Mario se dirige a un pequeño cajón del lado izquierdo que forma parte de la mesa de noche. Con curiosidad, lo abre; ve que todavía están sus cosas personales: su directorio azul marino, una calculadora científica, un reloj con la mica rota...; en el fondo, muy en el fondo, dos pequeños cofres color gris oscuro... Al verlos, toma ambos con una sola mano; juega con ellos; retorna sus pasos; se sienta en el borde de la cama; abre las cajitas aterciopeladas; contempla su contenido. Dentro están los anillos de boda que quedaron olvidados después de la funesta tarde. El padrino fue su hermano; seguramente también fue él quien los guardó allí. Los observa por unos momentos. Cierra las diminutas cajas. Con coraje las arroja sobre la pared. El ruido que producen al golpear primero el muro, luego el suelo, no es percibido por el resto de los habitantes. Lo sabe porque la quietud de la casa todavía es total. Se levanta para apagar la luz. Se recuesta sobre la mullida cama. Cierra los ojos. Vuelve a dormir por un rato más hasta que el ruido proveniente del comedor lo despierta. Se baña y cambia rápidamente. En ese momento ve en el suelo los dos cofres rotos. Busca. Encuentra los anillos. Uno a uno lo coloca en su respectiva cajita ahora maltrecha. Los devuelve nuevamente al lugar de donde los sacó, al rincón olvidado dentro del cajón de la mesita de noche. Sale presuroso de su habitación. No desea pensar en el pasado: es mejor olvidar por el momento todo indicio que le recuerde su truncado matrimonio.

—Buenos días —dice Mario a los comensales que están degustando el rico y nutritivo desayuno sentados alrededor de la mesa.

—Buenos días —responden todos.

—Cuéntame: ¿cuántas enamoradas tienes en Buenos Aires? —pregunta Mónica. —No he tenido tiempo de relacionarme con ninguna chica guapa y... ¡vaya que las hay! —dice el muchacho al tiempo que se sienta y empieza él también a comer.

—Hijo, de verdad, ¿no tienes tiempo o no quieres hacer tiempo? —pregunta su madre.

—No, mamá, de verdad. Son muchas las actividades que tengo y poco el tiempo para realizarlas —comenta el joven antes de dar un trago al vaso de jugo de naranja. —Supongo que hay más admiradoras de las que puedes atender —comenta su papá.

—Sí, muchas —dirige una sonrisa pícara, de complicidad, a su progenitor.

—Hijo, no puedes vivir toda la vida culpándote por algo que tú no hiciste —menciona la señora Mago.

Él, con tranquilidad, expresa:

—No me culpo, madre. Créeme. Tampoco quiero arriesgarme nuevamente.

—Con el trabajo que tienes, tu presencia… Si no fueras mi hermano, ya te estaría conquistando —comenta Mónica agregando—: Sé que te has aguantado como los "meros" hombres; te entiendo, pero no es bueno que te quedes solo tanto tiempo.

—¡Me estás dando pendiente, hijo! ¡Ja, ja, ja! —suelta la risotada don Ricardo.

—Te prometo, padre, que ahora que regrese a Buenos Aires trataré de contactar a algunos prospectos.

Mónica retoma la palabra:

—Prospectos hay en todos lados, no sólo en Buenos Aires. El que no quiere eres tú. ¿O no? ¿Qué te parece si te presento a alguna amiga, querido hermano?

—Me gustaría, mas no en esta ocasión. Los planes de hoy son salir con mis viejos; hace una buena temporada que no nos veíamos ni estábamos juntos.

—Está bien, como quieras, nos vemos luego, hermano. —La muchacha se levanta dando un beso en la mejilla a sus familiares; sale del corredor. Momentos después se escucha el ruido del motor de un automóvil alejándose.

—¿Lista, familia? Vamos a recorrer la ciudad —agrega Mario.

Contesta doña Mago:

—Está bien, hijo; estoy lista.

—Aquí están las llaves, hoy serás nuestro chofer. —Don Ricardo extiende la mano, deposita en la mesa las llaves de un Cadillac clásico color hueso. El joven las toma, observa a su padre con una mueca que trata de ser sonrisa, y menciona:

—Vaya, sabía que algún día serías tú el que me ofreciera tu tesoro. ¿Quién lo dijera, papá? —Pasa su brazo sobre el hombro de su progenitor; ambos enfilan rumbo a la puerta de entrada, donde doña Mago los espera.

Los tres abordan el vehículo. El muchacho conduce sin prisa. El auto sale de la tranquila zona residencial, se incorpora al tránsito de una de las avenidas, para llegar a la zona turística de la metrópolis. Mario busca uno de los tantos estacionamientos públicos. Como si fueran tres turistas más visitan los lugares conocidos. Ahora que los ve nuevamente le parecen muy hermosos. Pasean en "calandrias". Comen helados. Conversan como hacía mucho tiempo no recordaba.

Los días que pasó con su familia se fueron rápidamente hasta el irremediable momento de la despedida. Estando en el aeropuerto, doña Mago habla con su hijo; de cara, frente a frente, la señora levanta sus dos manos sobre los altos hombros del joven:

—Sabes que te quiero mucho. Daría lo que fuera para que no sufrieras; por eso me atrevo a decirte lo siguiente: si a pesar del tiempo y la distancia, no logras olvidar a Ana, entonces perdónala, búscala, sé feliz con ella. Mi opinión sobre el error que cometió no es tan grave como para no merecer una segunda oportunidad.

—Mario no comenta nada, se limita a dar un beso en la frente de su madre; le sonríe, le toma ambas manos entre las suyas, las besa también.

Don Ricardo se acerca, le acaricia con la palma de la mano el hombro izquierdo a Mario comentando:

—Hijo, opino igual que tu madre. —Acerca su boca al oído del muchacho diciendo algunas palabras en secreto. Al tiempo que las escucha, el semblante de Mario va cambiando: la sonrisa en sus labios se apaga, un rictus de asombro manifiesta su cara primero; luego sus ojos se llenan de lágrimas, lágrimas que ha reprimido por mucho mucho tiempo, pero a las que, nuevamente, él no dejará salir. Al ver su rostro desencajado, su padre vuelve a tomar la palabra—: Vamos, muchacho, la vida tiene que continuar; analiza tus sentimientos y haz lo que creas que es mejor. —Don Ricardo abraza muy fuerte a su hijo, quien no sabe qué hacer. El joven se queda atónito. La noticia que ha recibido lo deja sin habla, así que como autómata se aleja, enfila a la sección de aduana a realizar los trámites necesarios sin decir una sola palabra; da su visa y pase de abordo al encargado de la sección. Con la vista fija en un punto cualquiera, ve sin mirar a fondo, camina por inercia siguiendo a los otros pasajeros por el pasillo que lo lleva al avión. El vuelo le parece sumamente corto, la distancia se vuelve cada vez más larga.

CAPÍTULO 2

La rutina del trabajo absorbe nuevamente a Mario, ahora su pensamiento no es solamente por la mujer amada, sino también por el comentario que su padre hizo antes de partir. "No puede ser. ¿Por qué Ana nunca dijo nada? Algo como eso no se puede ocultar por mucho tiempo". Mario fija su vista en el horizonte, ve el tráfico a través de los grandes ventanales de la oficina; su pensamiento vuelve otra vez a la mujer que lo marcó para siempre: a pesar del tiempo y la gran distancia que los separa no la ha olvidado, su corazón se niega a hacerlo; lo comprobó días después cuando, al seguir los consejos de su familia, en dos ocasiones aceptó asistir a las reuniones que sus colegas solían hacer: al principio convivió con ellos, hasta entabló plática con una guapa muchacha que se acercó, pero después de un rato le pareció que la conversación era tan sosa que decidió marcharse y regresar a casa solo.

En México capital, en casa, como todos los días, Ana realiza su rutina de trabajo diario, revisa su reloj por segunda vez, escucha la voz jovial de la muchacha que le ayuda:

—¡Buenos días! ¡Ya estoy aquí!

¡Buenos días, Lupe! ¡Qué bueno, por fin llegas!

—El transporte tardó en pasar.

—Ni lo menciones, Lupe. Lo importante es que estás aquí. Las cosas de Emilio están sobre su mesita de noche. No olvides darle su papilla. Me voy, porque es muy tarde. —La joven madre da las últimas indicaciones pertinentes sobre el cuidado de su pequeño hijo. No se cansa de mencionar los consejos necesarios para que al niño no le suceda nada. Toma su bolso, enfila a la puerta; de prisa, da un último vistazo a su apariencia, al mínimo maquillaje que usa. El espejo refleja el rostro de una mujer hermosa. Ahora lleva el cabello lacio, muy corto, escasamente le llega a la nuca. Sus facciones han endurecido un poco. El brillo de sus ojos denota algo de tristeza. Sale corriendo y baja de prisa los escalones de los tres pisos que la separa de la planta baja. Su falda azul marino arriba de la rodilla deja ver sus bien formadas pantorrillas; sus zapatillas negras se escuchan por unos momentos pisando los escalones. En la puerta del edificio detiene su andar presuroso. Una vez en la calle camina media cuadra a la derecha hasta estar en la esquina. Su espera es de unos cuantos minutos antes de que se detenga un autobús urbano. De su bolsa saca un monedero, cuenta las monedas, paga su pasaje, aborda el vehículo colectivo. Son las siete de la mañana, la gente citadina comienza su rutina diaria. Después de cincuenta minutos el autobús arriba a un paradero. Los usuarios bajan de prisa para dirigirse a las diferentes entradas del sub. Ana saca un boleto de su bolsa, lo introduce por la rejilla correspondiente; gira los tubos metálicos dándole el pase automático; camina por el amplísimo pasillo; aborda uno de los vagones del transporte, que cierra sus puertas inmediatamente después de que la linda joven entra en él. La velocidad del vehículo obliga a los usuarios que permanecen de pie a afianzarse fuertemente de los tubos hechos especialmente para tal fin. Ana escucha los acordes de una guitarra. La luz del día va ganando terreno: el astro sol ilumina el panorama. Treinta minutos han pasado. Varias estaciones después, la muchacha se acerca a la puerta de salida donde una muchedumbre aguarda para poder bajar. El transporte disminuye la velocidad hasta quedar totalmente estático, sin movimiento alguno; sólo hasta entonces, las puertas de cada sección se abren para dar paso a las personas que aguardan, unas para poder salir, otras tantas que desean abordar, lo que provoca que se atropellen unos a otros, actividad común en una de las más grandes urbes del planeta.

Ana avanza entre la gente perdiéndose entre la multitud; así llega a la salida. En la avenida camina por la acera del lado derecho hasta llegar a la esquina; no espera que el semáforo dé el paso peatonal, sólo ve los vehículos que pasan por la amplia avenida y cruza como otra ciudadana más de los millones de personas que pueblan la inmensa ciudad. Entra a un edificio. Saluda a los trabajadores que se encuentran ahí:

—¡Buenos días, don Pepe!

—¡Buenos días, seño Ana!

—¡Buenos días, doña Caro!

—¡Buenos días!

Ana se dirige a un pequeño escritorio donde se encuentra el vigilante cumpliendo con su trabajo cerca de la puerta; este, al verla, le extiende una ficha. La muchacha la toma, la introduce dentro del checado de tiempo marcando así su hora de entrada; enfila su andar hacia las escaleras, donde sube los peldaños hasta el segundo piso, lo prefiere a tomar el elevador, porque de esta manera hace su ejercicio diario y lo realiza con gusto. Ana arriba a una oficina. Saca de su bolso un juego de llaves; al abrir la puerta percibe el aroma de pino, señal de que el lugar no hace mucho fue aseado. Entra. Sus pasos no se escuchan. La gruesa alfombra color azul marino no permite tal indiscreción. Enseguida va a su escritorio, recorre el sillón, se sienta el él; allí estará las próximas cuatro horas a menos que surja algún imprevisto o su presencia sea solicitada en la oficina de su jefe inmediato. Acomodada en su sitio de trabajo, abre uno de los cajones de su escritorio y guarda en él su bolsa de piel; busca una hoja con el listado de los pendientes que tiene que realizar en el transcurso del día: su trabajo como secretaria así lo requiere. Ana es muy meticulosa, tiene todo en perfecto orden; diariamente verifica que sus cosas estén en su lugar y corrobora que no falte nada. Abre otro de los cajones que sirve como archivero, busca uno de los tantos expedientes; localizado el objetivo, lo separa del resto de los demás; lo toma, lo saca de su lugar, lo coloca sobre su escritorio al lado izquierdo. Enciende la computadora, comienza a teclear. Realiza su labor. El timbre del teléfono la saca de su rutina. Presurosa, toma el auricular para contestar:

—Buenos días. Alcocer y asociados. ¿En qué puedo servirle? —Ana no obtiene respuesta e insiste—: ¡Hola! Buenos días. —El silencio es total del otro lado de la línea, silencio que continúa por otros instantes que se hacen eternos, que abruptamente terminan con un clic, señal clásica de que el teléfono ha sido colgado.

La muchacha no le da importancia al asunto, está acostumbrada a este tipo de bromas, así que sólo encoge los hombros, coloca el auricular en su lugar y retoma la actividad que estaba realizando. Pasan otros minutos más hasta que es interrumpida por su jefe inmediato:

—Buenos días, Ana.

—Buenos días, licenciado.

—¿Alguna novedad? —pregunta el hombre que acaba de llegar.

—No por el momento —contesta la muchacha.

—Ana, léame la agenda de hoy, por favor; recuérdeme los asuntos prioritarios que hay que resolver.

—Sí, licenciado, en un momento estoy con usted.

El que acaba de llegar es ni más ni menos que el licenciado Jorge Alcázar, hombre de cincuenta y nueve años, complexión robusta (sin llegar a gordo), alto, de cabello lacio, casi completamente blanco; su rostro muestra tranquilidad, bondad, dos cosas difíciles de tener en estos tiempos; su mirada, aunque pícara, no es molesta, mucho menos libidinosa. Ana abre la puerta del despacho. Entra. Lleva en sus manos un libro grueso de piel negra, el cual abre. Busca una página; una vez localizada comienza a leer frente al hombre maduro:

—Aquí tiene, licenciado, ¿le digo las actividades para hoy?

—Por favor, señorita.

—A las doce y treinta viene el señor Guillermo Rangel para saber el adelanto que lleva el asunto de su demanda.

—Sí. ¿Algo más?

—A las tres de la tarde, su hija pasa para llevarlo a comer.

—¡Qué bueno que lo menciona! Lo había olvidado por completo.

—A las seis está programada la reunión con los señores Mauricio y Esteban.

—¿Es todo?

—Mmm... Sí, por hoy es todo. —Ana cierra la agenda. Dando media vuelta sale de la oficina para incorporarse otra vez al manuscrito que está escribiendo en la computadora. Entre el entrar y salir de la oficina del licenciado para la autorización o la firma de algún documento se ha pasado gran parte de la mañana. La joven ve discretamente el reloj de pared que se encuentra frente a su escritorio y comprueba que es la hora de comer, así le indica su estómago, que ha comenzado a solicitarle alimento. Ensimismada con las actividades perdió la noción del tiempo.

La puerta de la oficina se abre para dar paso a un rostro apreciado por ella, es una compañera de trabajo:

—Ana, ¿no vas a salir a comer otra vez?

—Gracias, Rosita, quiero terminar este último documento; adelántense, en un momento estoy con ustedes.

—Eso dices, pero la mayoría de las veces regresamos, y tú continúas pegada en ese escritorio.

—Vayan ustedes. Las alcanzo ahí.

—No, esta vez vas con nosotras —diciendo estas últimas palabras Rosita toma a su compañera y amiga de la mano, obligándola a dejar de escribir; la jala hacia un lado, así que el peso de Ana hace que el sillón gire y tenga espacio para salir de ahí.

—Está bien. Vamos —dice Ana.

—¿Ves? No te costaba nada, un pequeño jaloncito y cediste —comenta Rosita de una manera picaresca. Al escucharla la joven contesta:

—Vas a empezar… Entiendo el doble sentido de lo que dices.

—¿Qué dije? Solamente que no tienes mucha fuerza de voluntad.

—Otra vez…

Entre chascarrillo y chascarrillo caminando salen del edificio, cruzan la calle, entran a un pequeño comedor que está enfrente de la oficina, en donde sus compañeras de trabajo se encuentran sentadas en una mesa. Al ver a Ana, Silvia dice:

—¡Vaya! ¡Qué milagro que nos acompañas!

—No se necesita ser una santa para poder hacerlos —contesta Ana en tono de sarcasmo.

Otra compañera habla lo más alto que puede para ser escuchada:

—¿Cómo le hiciste, Rosita, para que esta mujer recuerde que es necesario comer? —Secretos que una tiene, que hay que emplearlos cuando la ocasión lo requiere.

Se acerca una mesera y cuestiona a la recién llegada:

—¿Le sirvo lo de siempre?

—Sí — es la respuesta.

—Tanto trabajo que me dio traerte, para que sólo vayas a comer una ensalada —dice Rosita en un tono de molestia. Así que ella misma ordena a la mesera—: No, señorita, tráigale la comida corrida, tiene que alimentarse bien.

La mesera espera la respuesta de Ana.

—No se me apetece, Rosa, de veras —insiste también Silvia.

—Anda. Por esta ocasión, ¿sí?

—Bueno, está bien, traiga la comida; a ver cómo le hago para poder terminarla.

Pregunta Rosa:

—¿Vas a querer algo para beber?

—Un vaso de agua de fruta —responde Ana.

La mesera toma nota e interviene:

—¿Es todo?

—Sí. Gracias —contesta Ana.

—En un momento regreso con su orden. —La mesera se retira. Después de cinco minutos aparece nuevamente con una charola, entonces deposita sobre la mesa el primer platillo del menú, a la vez que comenta—: Aquí tiene.

El servicio es puesto delante de Ana quien dice:

—Gracias.

—Su vaso de agua es de horchata. ¿Está bien?

—Sí. —Ana comienza a degustar la deliciosa comida que le es llevada; primero, la sopa de fideos; le sigue, como guisado principal, un suculento filete de res, acompañado con papas en pequeños cubos freídos perfectamente; ensalada de verduras, frijoles refritos con un trozo de queso.

Al observar toda esa cantidad de alimento, Rosa toma la palabra:

—Lo comes todo.

—No tengo tanto estómago —contesta Ana.

Silvia pregunta:

—¿Cómo está Emilio?

—Bien, la infección de garganta que tenía se le quitó.

Terminando de comer, todas depositan, en una pequeña charola, el costo de cada platillo solicitado; enseguida, se levantan, salen del lugar, cruzan la avenida, entran al edificio. Cada una camina a su respectiva oficina, para continuar con el trabajo encomendado del día.

El tiempo pasa. Al llegar las manecillas del reloj a las seis de la tarde, automáticamente todas comienzan a cerrar los programas de las computadoras; arreglan sus escritorios, procurando no dejar ninguna hoja de información fuera. Las carpetas con documentos las guardan en los diferentes archiveros, los cuales cierran con llave.

A la salida del edificio, a Ana la espera Raúl, un compañero de trabajo: hombre de más de treinta años, tez morena, cara redonda, ojos café oscuro, labios gruesos, nariz regular, complexión gruesa, estatura de un metro sesenta y ocho centímetros; su sonrisa es franca, tiene sinceridad de palabra. A Ana siempre le ha caído bien. Él ha sido su pañuelo de lágrimas desde que supo que Mario se había marchado del país.

—¡Hola, Ana!

—Hola, Raúl. —La muchacha le da un beso en la mejilla.

—¿Cómo estuvo tu día? —pregunta él.

La joven responde con amabilidad:

—Como siempre: documentos que llenar, carpetas que guardar, lo mismo de todos los días.

—Te acompaño media ruta. ¿Está bien? —vuelve a cuestionar el muchacho.

—Sí. —Es la respuesta de ella.

Salen los dos enfilándose a la estación del subterráneo. Abordando el vagón continúan platicando:

—¿Emilio está mejor?

—Sí. Gracias.

—Entonces, tiene buenas defensas.

—Tal como su mamá.

—Sí, se parece a ti, hasta en eso.

—Y a ti, ¿cómo te fue, Raúl?

—También igual que todos los días. —Él la mira fijamente a los ojos, se acerca un poco más, inclinándose lo suficiente para hablarle al oído—: Ana, quiero que me veas no como a un amigo más.

—Si te trato de otra manera, y por algún motivo, el que sea, rompemos, me va a dar mucha tristeza, porque perdería, como tú mismo lo has dicho, a mi mejor amigo —señaló Ana.

—Sabes que desde que me enteré de cómo estaba tu situación, me acerqué no sólo para apoyarte. Sé que no sientes amor por mí. Con el tiempo, poco a poco, irás queriéndome.

—Siempre te he querido, Raúl, sólo que como amigo.

—¡Maldita sea! Sabes que no hay amistad entre un hombre y una mujer; de cualquier lado, siempre, hay un interés, no precisamente de amistad.

—Te equivocas. Por el momento, continuemos con nuestra amistad; tal vez con el paso del tiempo mi sentimiento cambie.

—Para qué esperar: ¡cásate conmigo! A tu hijo y a ti no les faltará nada. Sabes que estoy terminando la licenciatura nocturna, sólo falta el resto de este ciclo escolar y presentaré mi examen de titulación. Afortunadamente, el bufete donde trabajamos me ofreció empleo, inmediatamente comenzaré a ejercer aquí mismo con un mejor sueldo.

—Es que… —La muchacha titubea.

—Es que nada, piénsalo. Yo te quiero. A tu hijo lo veo como si fuera mío. Fui yo quien estuvo contigo el día del parto: lo abrigué en mis brazos. Me duele a mí también si él se enferma.

—Sí… No sería honesta contigo. Te quiero, pero no te amo. No siento por ti lo que siento por Mario.

—Y de qué sirve que lo sigas amando. ¿Dónde estuvo cuando más lo necesitaste? ¿Has tenido noticias de él? ¿Se ha puesto en contacto contigo?

—No...

—Si él te amara tanto como tú a él, estaría contigo; no le importaría lo que pasó. El amor que dijo sentir por ti se habría impuesto sobre los obstáculos.

Ella calla unos segundos hasta que agrega:

—Lo que hice no fue cualquier cosa. Lo herí, le negué toda oportunidad, simplemente me fui, hui del lugar.

—De acuerdo, en ese momento tal vez no supo que hacer. Si yo hubiese sido él, te habría buscado después para pedirte una explicación.

— ¡Tú no eres él! —grita Ana en tono de enfado.

—Yo no te habría abandonado, menos sabiendo que esperabas un hijo.

Después de estas palabras hay un profundo silencio entre los dos. La joven comenta:

—Mario nunca se enteró de que yo estaba embarazada.

—¿Nunca le dijiste? —pregunta él.

—No, en aquel momento ni yo lo sabía —responde la muchacha en tono cortante. —Discúlpame, no estaba enterado; pensé que entre nosotros dos no había secretos, hasta ahora me estoy enterando de esto. ¿Por qué nunca me lo comentaste?

Ella no responde. Aun cuando los dos van de pie en el vagón del metro, Raúl abraza con fuerza a Ana transmitiéndole su amor, amor que no es correspondido. Él no pierde la esperanza de que dentro de poco ella sea su esposa. Él voltea hacia la ventana, busca con su mirada el nombre de la estación a la que acaban de arribar y dice:

—Aquí me bajo, hasta mañana —despidiéndose, Raúl besa en la mejilla a la muchacha. En ese beso hay mucho más que amistad, ternura no es la palabra correcta, más bien está cargado de amor, amor que derriba cualquier obstáculo, amor que sabe sortear los altos y bajos que la vida depara a cada quien.

—Hasta mañana —contesta Ana.

Antes de retirarse, el muchacho menciona:

—Piensa lo que acabo de mencionar.

Ana no añade nada más, sólo se limita a sonreír mientras observa cómo su amigo se va perdiendo entre la gente. Durante el trayecto a su departamento la muchacha sigue pensando en lo que Raúl dijo, pero en cuanto entra a su casa lo olvida, va directamente a la habitación, donde se encuentra su hijo sentado en el suelo, jugando con un carrito de plástico. Con voz cariñosa lo saluda:

—Hola, pequeño.

El niño, al verla, extiende sus manitas, dice una serie de balbuceos que intentan ser un saludo y da unos pequeños pasitos para acercarse a ella. Ana se aproxima y besa la frente de Emilio; lo carga en sus brazos sin importarle el cansancio del día o de la caminata que tiene que hacer desde la parada de autobús, o de los escalones que debe subir para llegar a su hogar.

—Seño Ana, ¡ya regresó! —se escucha la voz de Lupe a sus espalda.

—Sí, Lupe —añade Ana con gentileza.

La nana cuestiona:

— ¿Hay algún pendiente o algo de última hora que tenga que comprar o hacer, seño?

—No, Lupe. O no sé, dime tú, ¿hace falta algo?

—Mmm… Creo que sí: se terminó la fruta para Emilio.

—Entonces, cómprala por la mañana temprano; cuando vengas la traes de paso. ¿Está bien?

—Sí, seño. Deme el dinero.

—Aquí tienes Lupe. —Ana saca un billete de baja denominación, lo da a su ayudante, quien lo toma y, guardándolo en su bolsa, sale del lugar. La joven madre escucha cómo se cierra la puerta principal. Sin preocupación alguna deposita a Emilio en su cuna, se quita las zapatillas, busca sus zapatos de piso color negro, amplios, muy desgastados, que le brindan la comodidad que busca al final del día después de una ardua jornada de trabajo. Escucha a su hijo llorar. Va a la cocina a prepararle un biberón. Regresa nuevamente a su lado. Toma al pequeño en brazos; luego, se sienta con él al borde de la cama, donde lo acuna y le da el biberón. El infante toma, con sus dos manitas, con desesperación, el preciado objeto, como si fuera lo último que pudiera hacer. Al ver esta reacción, la madre comenta:

—Con calma, pequeño. —Ana acaricia el cabello de su frente; un rato después, el niño está completamente dormido.

Ana se levanta con su hijo en brazos, lo acomoda dentro de su cuna, lo arropa; sale de la recámara dejando la puerta abierta para poder escuchar en caso de que Emilio despierte. Se dirige al baño que está al lado derecho de la recámara principal, entra en él; se desviste con calma. Abre las llaves de la regadera, regula la temperatura del agua, la toca para comprobar el punto exacto de su agrado; se mete debajo del chorro de agua tibia. Lava cuidadosamente su pelo corto, su cara, sus brazos, sus largas y bien torneadas piernas, sus abultados pechos; es hasta ese momento que, al pasar la esponja por todo su cuerpo, recuerda los instantes que en más de una ocasión vivió algo parecido con el padre de su hijo: ambos bañándose dentro de una misma regadera, tocándose mutuamente, acariciándose, amándose. Llega el recuerdo de aquellas noches infatigables que se convertían inesperadamente en días, pues no les importaba quedarse sin dormir si a cambio tenían el placer vivido con el ser amado. Bruscamente termina su baño para no seguir pensando en cosas que sólo en el pasado quedaron. Pasa una toalla por todo su cuerpo húmedo, seca su cabello. Repentinamente, escucha un ruido extraño proveniente del cuarto donde está su hijo. Con la bata de baño a medio cerrar sale corriendo tropezando con un esquinero de madera color café claro; sin importar su dolor llega a la cuna de su hijo, verifica qué pasa: ve con espanto que el niño está convulsionando. El bebé grita, no es el llanto normal, es un sonido fuerte, gutural, lastimero, a todo lo que pueden sus pequeños pulmones.

—¡Emilio! ¡Hijo! ¡Ay, Dios mío! ¿Qué te pasa, bebé? ¿Qué hago?

Desesperada, corre al buró de su cama, toma el teléfono; busca el número de emergencia, lo encuentra y marca los dígitos que ahí aparecen.

—¡Contesten! ¡Contesten! ¡Rápido, vamos!

A Ana le parece una eternidad la espera. Finalmente escucha:

—Cruz Roja. ¿En qué puedo ayudarle?

—¡Señorita, mi hijo está convulsionando!

—¿Cuántos años tiene su hijo?

—¡Un año y cinco meses!

—¿Lo tiene a la vista?

—Sí.

—Le voy a pedir que se acerque a él y haga lo que le voy a indicar. También deme su dirección completa.

—Mi dirección es Delegación 13ª., calle Riva Palacio, edificio 58, departamento 12. —Muy bien, señora, le pido que no se desespere; tómelo con calma. En este momento está partiendo una ambulancia a su casa. Antes que nada, tranquilícese para que no vaya a empeorar la situación.

—¡Ay, señorita, dígame lo que tengo que hacer!

—Está bien, primero, quite objetos o juguetes con los que se pueda lastimar el bebé. —¡Ya está! ¿Algo más?

—Observe si el niño no se muerde la lengua. ¿Ya tiene dientes?

—Sí, ya tiene. Creo que… Sí se está mordiendo.

—Entonces, con mucho cuidado trate de introducir su dedo índice o meñique dentro de la boca de su hijo; no lo fuerce a que la abra porque puede lastimarlo. Va a ser un poco doloroso para usted, pero más vale una buena mordida del niño, a que él pierda un pedazo de lengua.

—¡De acuerdo! Voy a tener que dejar un momento el teléfono. Lo voy a poner con el altavoz para que ambas nos podamos escuchar.

—Está bien. No cuelgue. Me mantengo en línea.

Con sumo cuidado, tratando de no forzar la cabeza del niño, Ana introduce su dedo meñique dentro de la boca del bebé. La lengua del pequeño ya está sangrando, sus manos y pies están demasiado tensos. Ese sonido gutural la desgarra por dentro: no es llanto, no es grito... parece el lamento de agonía de un animal herido. A la desesperada madre le parecen una eternidad los segundos que ha tenido su dedo entre los diminutos dientes del niño; además, le duele, comienza a arder. Ve que de su dedo comienza a brotar un diminuto hilo de sangre. Ana llora, mas no de dolor, sino de sentir la impotencia de no poder hacer algo más por el hijo por el que daría la vida sin pensarlo, de no poder aliviar un poco el sufrimiento que en ese momento presenta.

Después de breve tiempo, el pequeño afloja sus mandíbulas. Ella puede sacar su dedo sangrante de la boquita que, como pinzas, la aprisionaba. Los músculos del niño no presentan la rigidez que tenían minutos antes. Su respiración ha dejado de ser normal: de sus pulmones sale un silbido fuerte y agudo, como si el aire que entrara en ellos no fuera suficiente.

Ana levanta la voz y dice:

—¡Señorita! ¿Está usted ahí?

—Sí, señora —contesta la operadora.

—¿Cuánto más va a tardar la ambulancia? —cuestiona Ana.

—No se desespere, de un momento a otro llegará a su casa.

—Es que... mi hijo respira muy mal.

En ese momento se escucha el timbre de la puerta, una voz masculina habla:

—Disculpe, ¿es aquí donde solicitan una ambulancia?

—¡Sí! —contesta Ana que corre para alcanzar la puerta. La abre—: Pasen, por favor.

—¿Qué sucede? —pregunta una mujer de cuerpo robusto, brazos fuertes, su pelo atado a una cola de caballo deja ver el rostro de piel morena clara, nariz regular, boca grande.

Ana contesta:

—Es mi hijo.

—¿Qué le pasa? —agrega el hombre.

—Me estaba bañando. Él estaba durmiendo. De repente comencé a escuchar sonidos raros que venían del lugar donde él está. Salí del baño, y cuando me acerqué para ver qué tenía, vi que estaba convulsionando.

Mientras hablan se van acercando a la habitación donde se encuentra el niño. Ana coloca el auricular del teléfono sobre su base para cortar la comunicación. La mujer robusta saca su estetoscopio, lo coloca en sus oídos, sobre el pecho del niño; por unos segundos mantiene el aparato en ese lugar, lo mueve hacia el pulmón derecho, hacia el lado izquierdo. Hace una mueca de desagrado.

—Algo anda mal. —Nuevamente revisa uno de los pulmones; se quita el estetoscopio, toma el pulso del bebé, voltea a ver a su compañero y dice con voz angustiada—: ¡Colócale la careta del oxígeno! ¡Parece que el pulmón izquierdo no está trabajando!

El hombre, sin pensarlo dos veces ni cuestionar nada, abre la llave del pequeño tanque de oxígeno que lleva en la camilla y coloca sobre la boca del niño la careta de plástico.

—Le queda muy grande —señala él mientras la mujer pasa su mano por la frente de la criatura, que se encuentra desvanecida todavía.

—¡Este niño se está quemando por dentro! ¡Está ardiendo en calentura! —Ana observa las maniobras que hacen los dos socorristas. La mujer es la encargada, la que está al mando de la unidad; ella misma toma al bebé en sus brazos, lo acuesta con cuidado sobre la camilla y abrocha las cintillas de seguridad; cubre con la sábana blanca el cuerpecito, después sube el tanquecito; finalmente, salen presurosos de la habitación al mismo tiempo que se dirige a Ana—: ¡Señora, tenemos que llevar a su hijo a la unidad médica más cercana!

—Está bien —contesta la madre.

El tiempo que les toma bajar por el ascensor se hace eterno. Hasta ese momento, Ana se percata de que sólo lleva puesta la bata y huaraches de "pata de gallo" de plástico, que usa para salir del baño.

Una vez dentro de la ambulancia, durante el trayecto al hospital, la mujer socorrista toma una tabla con unas hojas impresas y un lapicero.

El hombre sube a la parte delantera de la ambulancia, conduce la unidad lo más rápido que el tráfico en ese momento le permite avanzar. El ulular de la sirena es intenso, aun así Ana contesta una serie de preguntas que la mujer le hace.

—Nombre completo del niño.

—Emilio Castillo.

—Edad.

—Un año cinco meses.

—¿Es alérgico a algún medicamento?

—No lo sé. Es la primera vez que se enferma.

—Entonces, ¿no es enfermizo?

—No, desde que nació, hasta la fecha, no le había sucedido nada.

—¿Come bien?

—Sí, de todo.

—¿Hasta qué edad le dejó de dar pecho?

—A los tres meses.

—¿Por qué?

Ana duda unos segundos antes de contestar; toma aire y con voz firme dice:

—Soy madre soltera: trabajo gran parte del día.

—Entonces, ¿cuenta con servicio médico?

—Sí, estamos afiliados a la unidad médica social.

Luego, la mujer socorrista pasa a la parte delantera de la unidad. Toma el radio y comienza a dar una serie de claves de las que sólo los que prestan sus servicios en las unidades de rescate saben su significado. Después, regresa al lado de Ana y su hijo:

—Muy bien, llené la hoja de registro. Mire, estamos llegando a la sala de urgencias, uno de los hospitales de una unidad médica.

Si los conocidos de Ana la hubieran visto en esos momentos, no la habrían reconocido, por su semblante de desesperación; aun así, se ha portado lo más valiente que puede una madre.

—Gracias a Dios y a ustedes que no tardaron en llegar a mi casa.

Tras arribar a la puerta de urgencias, el chofer apaga el motor; a toda prisa baja, abre la puerta trasera de la ambulancia, jala la camilla de la que su compañera ya ha quitado el seguro. La socorrista y Ana bajan enseguida; avanzan a la entrada del hospital. En la puerta de cristal los esperan dos enfermeras, que al verlos toman la camilla, haciéndose cargo de la situación. Una de las mujeres con voz imperiosa pregunta:

—¿Es el niño al que sólo le está funcionando un pulmón?

—Sí —dice el conductor de la ambulancia.

Otra de las enfermeras se dirige a la mujer socorrista:

—Dame, por favor, la hoja con los datos del niño. ¿No falta nada?

—No —contesta la socorrista, quien agrega señalando con la cabeza—: Ella es la mamá.

—Está bien.

Los cuatro van muy aprisa escoltando la camilla mientras Ana los sigue. Entran, por un pasillo, a una serie de diminutos cubículos en los que sólo caben la cama del enfermo, un buró pequeño y una silla. Debido a la pequeñez del lugar, los cuartos tienen cortinas corredizas como separadores: sólo las dos enfermeras caben. Entran a uno de ellos. Llevan consigo la camilla y al niño en ella, quien todavía permanece sin sentido. Entre las dos mujeres toman con sus manos la sábana y la pasan de esta manera a la cuna; una le quita al niño la mascarilla de oxígeno que el socorrista le colocó anteriormente y le pone en su carita la que se encuentra en ese lugar. La otra enfermera comienza a buscar, en la diminuta mano derecha, la vena donde va a colocar el suero que mantendrá abierto el paso para introducir por ahí los medicamentos necesarios. Una de las enfermeras dice:

—Señora, pase, por favor, siéntese en esa silla; en un momento vendrá el pediatra de turno.

—Sí. Gracias —contesta Ana, dando la mano a ambos socorristas de la Cruz Roja, que todavía se encuentran en el lugar, y agrega—: Gracias a los dos, se lo agradezco infinitamente.

—No se preocupe, nosotros cumplimos con nuestro trabajo —menciona la socorrista.

—Estamos para servirle —agrega el hombre.

Ambos personajes dan la vuelta, salen del lugar empujando la camilla. Las dos enfermeras también se alejan dejando a Ana sola con su hijo; ella se acerca a él, le habla con cariño:

—¡Ay, hijo! ¿Qué te pasó, bebé?

El niño no se mueve, permanece inconsciente hasta ese momento. La angustiada madre toma entre sus manos la manita que el pequeñín tiene libre, la besa, la frota con cariño queriendo trasmitirle su calor de madre, su confianza, intentando de esta manera que su hijo sienta su presencia. Al cabo de unos minutos aparece en el lugar la pediatra Ortega, en turno en ese momento:

—Buenas noches, señora.

—Buenas noches, doctora.

—Vamos a ver qué le pasa al amiguito —diciendo estas palabras toma la tabla donde está la hoja de registro que la socorrista de la ambulancia había llenado. La lee con cuidado; la deja momentáneamente sobre la cuna, a los pies del bebé; usa el estetoscopio. Escucha con atención ambos lados del pecho del niño. Se quita el aparato de los oídos, toma la manita izquierda, busca en su muñeca el pulso: lo encuentra, coloca el baumanómetro digital arriba del codo. Vuelve a tomar la tabla. Con el lapicero que le acompaña hace un serie de anotaciones. Entonces cuestiona:

—¿Su hijo se ha enfermado de tos o gripe últimamente?

—Sí —contesta Ana.

—¿Lo atendió? ¿Acudió con su pediatra?

—Sí —asevera nuevamente la madre.

—¿Recuerda qué medicamentos le recetaron?

—Los nombres, en este momento, no; fueron jarabes para la tos y para la infección de la garganta.

—¿Le dieron algo para la fiebre?

—No.

—¿Por qué?

—Porque no tenía fiebre el día que lo llevé a consulta. Mejor dicho: nunca tuvo fiebre, hasta hace un rato.

—¿Durante cuántos días ha tenido el malestar?

—Lo noté hace cuatro días, inmediatamente acudí al médico.

— Bueno.... Vamos a ver. ¿Tiene algún familiar asmático?

—No que yo recuerde. ¿Mi hijo tiene asma?

La pediatra no contesta, se limita a seguir preguntando:

—¿Por el lado del papá?

—Deje recordar. Mmm... Parece que sí. Creo que el abuelo del papá falleció siendo asmático.

—Me gustaría verificar ese dato. ¿No tarda en venir el papá?

Ana queda pensativa un instante y añade:

—Él… no vive con nosotros.

La doctora parece no escuchar el comentario porque está revisando nuevamente al pequeño. En eso, comenta:

—El silbido que escucha es porque no entra suficiente aire a sus pulmones, tal parece que uno de ellos no está trabajando como se debe.

—Doctora, ¿es normal que mi hijo siga durmiendo?

—No, no es normal, créame que es lo que más me preocupa, porque el reporte dice que convulsionó y desde ese momento y hasta ahora sigue inconsciente.

—¿Sabe la causa?

—Por el momento, no. Le vuelvo a repetir: no es normal. Enseguida viene una enfermera, le tomará unas muestras de sangre para hacerle un chequeo general. Si el niño ya ha despertado y llega a orinar, también se llevará una muestra. Por el momento no podemos hacer más hasta no tener los resultados del laboratorio.

—¿Cuánto tiempo tardarán los resultados?

—Por la urgencia del caso estarán inmediatamente. Me retiro por el momento, pero regreso en cuanto estén esos datos.

—Me quedo preocupada, doctora.

—Espero que sólo sea un susto.

Cuando la galena se aleja, entra al cubículo una joven enfermera que quita el conducto del suero de la manita del niño, en su lugar coloca una jeringa que se llena rápidamente del vital líquido rojo carmesí. Con cuidado, la enfermera saca el instrumento que ahora se ha tornado a rojo intenso. Sin hacer ningún comentario, una vez terminado su cometido, sale del pequeño espacio.

Ana queda otra vez sola con su hijo enfermo. Todavía no asimila bien el hecho de estar en un lugar como ese cuando el niño comienza nuevamente a convulsionar.

—¡Hijo, bebé! ¡Enfermera, ayúdeme, por favor! ¡Mi hijo está convulsionando otra vez!

Ana corre de un cubículo a otro en el área de Pediatría. Al escuchar los gritos, una enfermera de mediana edad y figura regordeta sale a su encuentro:

—¿Qué pasa, señora?

—¡Mi hijo está convulsionando!

—¡Válgame!

Ambas mujeres corren de regreso al lugar donde yace Emilio. Al ver el estado en que se encuentra, la enfermera aprieta un botón rojo que se encuentra sobre la cuna del paciente. Segundos después aparece nuevamente la pediatra, que no sale de su asombro y trata de auxiliar al niño: pone rápidamente una lengüeta de madera entre los dientes, evitando así que el bebé siga mordiéndose la lengua. Con asombro comenta:

— ¡¿Señora, qué pasó?! ¡El niño estaba estable hace unos momentos!

—¡No sé, doctora, lo mismo me pregunto!

Al ver cómo convulsiona el pequeño, la doctora levanta el conducto del suero. Ninguna de las tres mujeres intenta sujetarlo: observan por unos minutos, que se hacen eternos .La desconsolada madre llora en silencio; sus lágrimas la ahogan. No sabe… No puede hacer nada. Los piecitos y manos del niño se van calmando. En su respiración se vuelve a escuchar el silbido agudo.

La pediatra usa su estetoscopio, escucha con mucha atención el palpitar del pequeño corazón; toma temperatura, revisa los oídos, garganta, ojos, algún indicio que indique el origen del malestar que acaba de presenciar… Nada. Tal parece que el niño sólo duerme, pero en un sueño inquieto, porque mueve manos y pies constantemente.

Al ver la actividad que la doctora realiza, Ana pregunta un tanto desconcertada:

—Disculpe, doctora, ¿está muy mal mi pequeño?

—Le voy a ser sincera: no lo sé; los síntomas me confunden.

—¿Hay algo que puedan hacer?}

—Por lo pronto, esperar los resultados de los análisis. No se preocupe, me contactaré con otros colegas. Por el momento, no se separe de él. Esperemos que no se agrave la situación.

Dando una palmada de aliento en la espalda, la galena se retira dirigiéndose a la enfermera encargada del piso: le da a esta una instrucción que inmediatamente es acatada. La doctora abandona la sala, mientras camina saca su teléfono celular de uno de los bolsillos de su bata blanca, marca un número, aguarda unos segundos, habla:

—Hola, disculpa que te moleste a esta hora… La verdad… Acaba de ingresar un niño. Los síntomas me tienen confundida. Sí, fiebre hasta hace un rato, sí. Entonces te espero. Sí, por la mañana… No importa, te espero. La galena oprime un botón para terminar la llamada; se marcha del lugar. Dentro del cubículo, Ana pasa su mano por la carita de su hijo, le acomoda el cabello, lo acaricia, le habla para hacerle notar su presencia.

—¿Qué te pasa, bebé? ¿Qué tienes?

El niño apenas se mueve. Pasan los minutos. Ana toma la silla que está recargada en la pared, la acomoda junto a la cuna; se sienta, recarga sus brazos en el borde de los barrotes; coloca su cabeza sobre sus antebrazos, cierra los ojos, dormita por unos minutos. Despierta al sentir el movimiento que su hijo hace, quien, al no estar dormido normalmente, tiene el sueño inquieto y continúa moviendo bruscamente, de forma repentina, brazos y piernas. Confundida, Ana se levanta, le toca la frente a Emilio para cerciorarse de que ya no tiene fiebre. El medicamento suministrado por la enfermera ha surtido efecto. La madre observa con atención el rostro del niño, ve que intenta abrir los ojos, pero una pesadez lo envuelve, lo abruma.

Pasan los minutos. Las horas se han hecho eternas. La noche pasa muy lentamente entre lloriqueos de niños con diversos malestares: otros que esperan con ansia la luz del nuevo día para abandonar exitosamente sus pequeñas camas y dejar por fin el hospital después de haber pasado varios días ahí; son aquellos que han respondido al tratamiento exitosamente y serán dados de alta para regresar a casa. No así Ana y su hijo. Apenas acaba de despuntar el alba, ella escucha el hablar de varias personas entre hombres y mujeres: sus pasos se acercan cada vez más, sus palabras son más legibles, llegan directamente a donde están ella y su pequeño.

—Buenos días —la saluda la doctora encargada de su hijo.

—Buenos días —contesta Ana.

La pediatra pregunta:

—¿Cómo pasó la noche el niño?

—No muy bien. Estuvo muy inquieto —responde Ana.

—¿Notó algo especial?

—Sí, vi como que intentaba abrir los ojos, pero no lo consiguió.

—¿Alguna otra cosa?

—Parece que no.

Mientras la madre responde las preguntas que le hacen, los otros doctores examinan al niño: uno le toma el pulso, otro escribe en un cuaderno pequeño que lleva a propósito; otro más lee, en la tabla, el estado de salud; el último de ellos observa, toca los dedos de pies y manos, orejas, rodillas, codos; escribe en una libretita.

Entra una enfermera y entrega una hoja a la pediatra, quien lee con atención; luego, esta pasa la hoja a los otros médicos que la acompañan, quienes leen y anotan cada cual en su libreta.

—¿Y bien? —pregunta la doctora a los médicos que la acompañan.

—Termina de hacer los exámenes —dice uno.

—Sí, ordena el electrocardiograma y el encefalograma —dice otra doctora.

—Es muy pronto para diagnosticar algo —comenta uno más.

Ana se atreve a decir:

—Disculpe, doctora, ¿no sabe lo que tiene mi hijo?

—Todavía no. En cuanto lo sepamos, se lo haré saber.

Sin comentar más, los médicos salen del reducido espacio en el que no cabe otra persona. La joven madre queda sumida en sus pensamientos; ya no sabe qué decir o hacer. Pasan los minutos, las horas… El sol entra plenamente a través de las cortinas. Un pequeño paciente comenta a su madre:

—¿Nos vamos a casa, mami?

—Sí, te voy a vestir. Al ratito que llegue tu doctor, nos vamos.

—¡Viva! —grita el niño.

—Shshsh… No grites —susurra la madre.

Ana escucha la charla de los pacientes contiguos, de otros que hacen ruidos en la búsqueda de objetos; del abrir y cerrar cierres de mochilas. Y una vocecita la saca de sus pensamientos:

—¿Es tu hijo?

—Sí —contesta Ana.

—¿Qué tiene?

—Está enfermo.

—¿Se va a componer?

—Espero que sí.

—¡Niño, ven acá, no molestes a la señora! —la madre reprende al pequeño intruso, que está al lado de la cuna de Emilio.

—Está bien —dice Ana.

La mamá del intruso pacientito se acerca a él, lo toma del hombro y comenta:

—No se preocupe, señora, en el hospital hay excelentes médicos.

—Eso espero —responde Ana.

—No se desanime. Hace rato vi que vinieron varios doctores, Verá que entre todos alivian a su niño.

—Ojalá tenga razón —menciona Ana.

—Despídete de la señora, Jorge, ahí viene tu doctor.

—Adiós, señora, que se cure su hijo —dice el pequeño. Sus palabras son tan sinceras que conmueven a Ana hasta las lágrimas. No bien termina la frase, el niño camina al lado de su madre: ambos avanzan a dos cubículos atrás de donde está Emilio.

Ana ve aproximarse a un doctor de cabello blanco, tez morena clara, mediana estatura, de peso y complexión regular, quien se acerca a ellos:

—Ven, amigo, vamos a checar cómo estás.

El niño se acerca. El médico lo levanta, lo sienta en su cuna y comienza a examinarlo: le revisa oídos, nariz, garganta; coloca el estetoscopio sobre el pecho del menor, lo recuesta; toca brevemente el estómago. El niño, al sentir las manos, ríe levemente:

— ¡Ja, ja, ja, ja! Me hace cosquillas —dice el menor.

—Jorge, hoy estás totalmente bien —agrega el galeno.

—¿Puedo irme a mi casa? —insiste el menor.

—Sí.

El médico vuelve a tomar al niño; lo levanta en vilo y lo deja de pie suavemente sobre el piso. Inmediatamente que el pequeño se siente libre busca los brazos de su madre, quien lo recibe con un beso en la frente, para luego dirigirse al hombre de bata blanca que está escribiendo las últimas anotaciones en la tabla de la cuna de Jorge.

—Doctor, entonces, ¿podemos irnos a casa?

—Sí, Jorge está recuperado. Le estoy firmando la salida. Haga una cita para la próxima semana, para revisarlo.

—Está bien, doctor. ¿Escuchaste, Jorge? Nos vamos.

—¡Nos vamos, ya nos vamos! — grita el niño mientras el médico se retira.

—Shshsh, silencio, Jorge, los otros pacientes tratan de descansar —replica la madre de este.

Una enfermera se acerca, lee las anotaciones que hizo el pediatra y con una sonrisa menciona:

—En efecto, Jorge se puede ir a su casa.

Madre e hijo salen de la sala de Pediatría tomados de la mano; dejan atrás el sufrimiento físico que días antes los había llevado ahí. El lugar vuelve a quedar por unos momentos en aparente tranquilidad, tiempo que aprovecha Ana para percatarse de que no ha dado aviso de su situación a nadie: ni a su jefe o a Raúl, ni a Silvia su amiga, ni mucho menos a Lupe, la muchacha que le ayuda con el cuidado de Emilio. La joven madre se levanta de la silla, checa que su hijo no esté más grave; sale al pasillo, camina unos metros, busca con la mirada un teléfono público. Al no encontrar su objetivo, sigue avanzando despacio. A cada paso que da, voltea a ambos lados hasta que por fin, entre los cubículos de la siguiente sala, localiza a una enfermera, quien, con su atuendo totalmente blanco, refleja amabilidad; está ayudando a un anciano, a quien le habla con ternura y paciencia. Ana no duda en acercarse a ella:

—Disculpe, señorita, quiero pedirle un gran favor.

La enfermera voltea a verla y dice:

—Sí, dígame. ¿En qué puedo servirle?

—Anoche ingresé al hospital, mi hijo enfermó repentinamente, está en el área de Pediatría; salí tan rápido que no pude cambiarme de ropa ni tomar mi bolsa.

—Sí —dice la enfermera para que Ana continúe hablando.

—Quisiera llamar por teléfono a mi jefe para explicarle la situación en la que me encuentro, y no traigo mi celular... ¿Sería tan amable de prestarme el suyo? —solicita Ana con pena.

Sin pensarlo, la enfermera instintivamente busca en las bolsas de su falda, no lo encuentra.

—Mire, por el momento, no lo traigo conmigo, en un descuido lo dejé en la sala de enfermeras; permítame hacerle la curación a mi paciente, luego voy a buscarla. ¿Me dijo que está en la sala de Pediatría?

—Sí —contesta Ana.

—Entonces no se desespere, en un ratito estoy con usted.

—Gracias, no sabe cuánto se lo voy a agradecer. A estas horas, todos deben estar preocupados, porque tenía que entregar unos documentos.

—No se preocupe, verá que todo va a salir bien.

—Eso espero.

Ana da media vuelta, regresa hacia el sitio donde se encuentra su hijo. La enfermera, por su parte, sigue realizando la actividad que dejó inconclusa cuando Ana le habló. Ha pasado media hora, tiempo que a la joven se le ha hecho eterno, está tan sumida en sus pensamientos que no se percata cuando una enfermera se detiene a su lado.

—Señora, aquí tiene el celular. —Extiende la mano, muestra el pequeño aparato tan indispensable en esta situación. Ana lo ve y lo toma inmediatamente.

—¡Ah! Gracias. Ahorita se lo devuelvo. No me tardo.

—No se preocupe —replica la enfermera.

Ana sale nuevamente al pasillo. Presiona los botones en el aparato, lo coloca en su oído; escucha la marcación y aguarda. Una voz conocida del otro lado de la línea contesta:

—Empresas Unión, buenas tardes.

—Hola, Silvia, soy Ana.

—¡Oye! ¿Qué te pasó? El licenciado Santos está desesperado, me preguntó si habías dejado unos documentos aquí en la recepción.

—Por eso te hablo. Anoche mi hijo comenzó a convulsionar. Llamé al teléfono de emergencia. Mandaron una ambulancia. Todavía estamos en el hospital.

—¿Qué te dijeron? ¿Qué tiene?

—Ni los médicos lo saben.

—¿Por qué? ¿Qué le pasa?

—Desde anoche no vuelve en sí; tuvo fiebre y convulsionó.

—¡Válgame! ¿Te puedo ayudar en algo?

—Por lo pronto avísale al licenciado mi situación, dale los documentos que necesita. —¿Dónde están?

—Busca en el segundo cajón de mi escritorio.

—¿Están a la vista?

—No, están debajo de una carpeta rosa. Los localizarás inmediatamente, porque no hay otra carpeta de ese color.

—Bueno, entonces no te preocupes; yo le doy el recado y los documentos al licenciado.

—Te lo agradezco.

—Si necesitas algo más, dímelo.

—Por el momento es todo. Gracias.

—¡No me has dicho! ¿En cuál hospital están?

—Estamos en la clínica 28 de la asistencia social.

—Bueno. No te preocupes. Yo le aviso.

—Gracias, Silvia, te llamo luego para cualquier novedad.

Ana cuelga, vuelve a marcar, esta vez a su ayudante, quien cuida de su hijo. Recordó a sus padres y pensó: "No les hablaré para no asustarlos, se preocuparían de más". Ana siempre ha sido una mujer independiente, y en esta ocasión no será la excepción. Devuelve el celular a la enfermera, que se había retirado un poco para que hablara con más libertad.

—Aquí tiene, señorita. Gracias.

La enfermera contesta con amabilidad:

—Si lo necesita nuevamente. búsqueme, estoy en el área de Traumatología.

—Tendré muy en cuenta su ofrecimiento. Gracias nuevamente.

La enfermera guarda el teléfono celular en una de las bolsas de su

falda impecablemente blanca; da media vuelta, sale del área de Pediatría, se pierde entre los pacientes y enfermeras de las salas subsecuentes y continúa haciendo su labor, actividad que todos los días,
a la misma hora, comienza a realizar.

Son más de las dos de la tarde. Un sonido conocido en el estómago le recuerda a Ana que no ha probado alimento desde el
día anterior. Se levanta de la silla, echa un vistazo a los cubículos
siguientes; ve que en todos han servido comida. El aroma de las
diferentes dietas llega hasta su nariz.

—¿Qué buscas con tanto afán? ¿Acaso un mendrugo de pan?
—Desconcertada, Ana da media vuelta. Con alegría ve que se trata
de su eterno enamorado Raúl, quien trae en sus manos dos bolsas:
una de color amarillo; otra, negra—: Ven, vamos a sentarnos en
un lugar más cómodo. Traje algo de comida. Espero que te guste.
Silvia me contó todo, me dijo que estabas aquí.

Los dos dan el beso en la mejilla. Raúl coloca una mano sobre la
espalda de la muchacha. Ana se ha acostumbrado a su trato amable. Responde con desinterés, como la amiga que siempre ha sido.

—Gracias por el ofrecimiento. No puedo separarme de mi hijo,
ha tenido convulsiones; si le sucediera otra vez, no me lo perdona-
ría por no estar aquí.

—¡Vamos, sólo será por unos minutos!

—Te agradezco que te preocupes, pero debo estar a su lado.

—Bueno, cuando menos come algo. Me costó mucho esfuerzo
convencer al guardia de seguridad para que me permitiera introducir la comida, accedió sólo porque verificó tu situación, que nadie
ha venido a suplirte. —Mientras habla Raúl saca de la bolsa amari-
lla un plato desechable, lo destapa y deja ver su interior; inmediatamente sale el aroma de la comida suculenta, nutritiva, que en esos
momentos Ana ansía desesperadamente—: Mira, son escalopas de
res en salsa de champiñones, espagueti, puré de papas, nopales en-

teros sancochados con cebollitas cambray, guarnición de muchas verduras, como a ti te gusta.

—Nuevamente te doy las gracias. Eres un amor. —Ana queda muy cerca de la cara de Raúl e intenta besarlo nuevamente en la mejilla. Él voltea rápidamente. El beso que le planta queda en medio de la boca. La muchacha aleja inmediatamente su rostro diciendo—: ¡Qué pillo eres!

—¿Por qué? Sabes que me muero por ti. Haré lo que sea para que tú me correspondas.

—¡Lo sé! Créeme que hago lo posible para que mis afectos sean hacia ti, pero mis sentimientos no los puedo cambiar.

—Lo sé, aunque no dejaré de insistir.

—¡Ojalá no te canses!

—Verás que no.

Para romper con la tensión del momento, la joven toma entre sus manos el plato de comida, lo coloca a un lado de la cuna, en el buró metálico; acerca su silla, se sienta. Raúl trae también otra silla, la acomoda junto a ella. Ana toma el tenedor de plástico, come con ansias sin paladear la comida tan exquisita; en otras palabras, devora la comida con desesperación.

—Tranquila —dice ahora el muchacho—, te vas a atragantar; vas a tomar el lugar de tu hijo.

Ana pasa el bocado que trae para poder decir:

—Si estuviera en mis manos, te juro que no dudaría en cambiar los papeles.

—Ambos sabemos que así es. Dime qué dicen los médicos, qué tiene.

—Al principio la pediatra que lo atendió pensaba que era un ataque de asma; ahora ella y otros más están muy confundidos.

—¿Por qué?

—Los síntomas que presenta Emilio son de otra enfermedad.

—¿De cuál?

—No están seguros, depende del resultado de los análisis de sangre.

—¿Es todo lo que le van a hacer?

—No, también falta un electrocardiograma y un encefalograma.

—¡Vaya! Sí que está complicada la situación.

—Sí. No sólo eso, además… —Ana interrumpe la frase, también su comida, al ver que la pediatra que atiende a su hijo se acerca a ellos.

—Buenas tardes, señora, voy a checar al niño.

—Buenas tardes, doctora.

Raúl y Ana observan el ritual que la galena realiza. No hacen ruido. Él se levanta, se coloca detrás de la silla donde se encuentra la muchacha sentada; pasa sus manos por los hombros de la guapa madre; frota la parte baja de la nuca de ella intentando darle ánimos. La doctora camina a los pies de la cuna, toma la tabla para leer el comportamiento que ha tenido el niño y escribe algo en ella; vuelve a colocarla en su lugar; después, se quita el estetoscopio, lo pone alrededor de su cuello.

—¿No volvió a convulsionar?

—No, desde anoche, antes de que usted y los otros doctores llegaran.

—¿Le han hecho los exámenes restantes?

—No.

—No se preocupe, una enfermera le ha puesto varios medicamentos por vía intravenosa; por lo pronto, no tiene fiebre. Su respiración… no se ha normalizado completamente, pero tampoco ha empeorado.

La doctora se dirige hacia la sección de abastecimientos de la sala que se encuentra en medio del lugar; en él hay toda clase se sustancias, gasas, jeringas, sueros…, también un radio. La pediatra lo toma, aprieta un botón y comienza a hablar. Ana no escucha lo que dice, vuelve su vista a su hijo, quien ha vuelto a inquietarse; además, el color de su piel ha cambiado: se torna pálida. Pequeñas gotitas van apareciendo en su frente. La madre se levanta de golpe, le toca la frente y entonces comenta en voz alta:

—¡Doctora, se está poniendo muy frío!

Al escuchar estas palabras la galena deja el auricular, camina de prisa, llega junto a la cuna, saca su termómetro, levanta el pequeño brazo del niño, por un minuto exacto lo deja ahí; luego, con cuidado, saca el delgado instrumento de entre el brazo del paciente. Lee con atención y dice desconcertada:

—¿Qué tienes, amiguito? —Lo arropa con varios cobertores y ordena a la madre—: Vea si hay más ropa de cama en la sala que está al fondo del pasillo. Tráigala.

—¿Qué le pasa a mi hijo?

—No lo sé. Por lo pronto haga lo que le digo.

Raúl y Ana corren al lugar mencionado. Al llegar, abren la puerta; él saca de los estantes de arriba tres cobertores, los que lleva de regreso donde está el niño; los desdobla, arropa con ellos el frío cuerpecito del pequeño y le habla al mismo tiempo a la doctora:

—Son todos los cobertores que había, si necesita más salgo a buscarlos a las otras salas.

—No, se me está ocurriendo otra cosa: los cobertores son muy pesados, corremos el riesgo de ahogarlo si seguimos cobijándolo, mejor vaya al cuarto de lavandería, pídales una plancha, dígales que yo lo envié.

—¿Dónde está?

—Al final del pasillo, a su mano izquierda; es una puerta café oscura. ¡Rápido!

Raúl no dice más, sale corriendo. En su desesperada búsqueda, casi atropella a enfermeras y algunos enfermos restablecidos aun con las sondas en las venas y el frasco de suero en la otra, los cuales han dejado sus camas para dar unos pasos por sus propios pies.

—¡Ey, cuidado! —dicen unos.

—Lo siento, discúlpeme —contesta el muchacho.

—¡No puede correr aquí! —le menciona una enfermera.

—Discúlpeme, de verdad; no es el momento de dar explicaciones.

En su desesperada carrera atropella a dos pacientes. A punto de tirarlos, Raúl ve el lugar mencionado, abre la puerta. En voz alta, para que lo alcancen a escuchar por encima del ruido que producen las lavadoras, la música de una radiograbadora, las risas estruendosas de dos mujeres que exprimen las sábanas y las pasan a las secadoras, menciona:

—¡Ey, ey! ¡Disculpen!

—¡Sí! ¿Qué se le ofrece? —grita una de ellas, al tiempo que se acerca a la grabadora, baja el volumen, da media vuelta sobre su lado derecho, apaga la lavadora, voltea nuevamente a donde está el extraño—: ¿Me decía? —pregunta la lavandera con una media sonrisa dibujada en el rostro ante la nula o poco común interrupción de sus actividades.

—La pediatra en turno solicita una plancha con urgencia —dice él.

—¿Qué? ¿Una plancha? ¿Ya nos quiere quitar el trabajo? —pregunta con tono sarcástico.

El hombre contesta desesperado:

—¡Claro que no! La necesita para otra cosa.

La mujer sube y baja los hombros hasta que exclama:

—¡Ja! Ahora como terapia los va a planchar.

Raúl, molesto y con poca paciencia, menciona con tono de enfado:

—Mire, sólo dígame si va a darme la plancha o no.

—¡Uh, que carácter! —la mujer se dirige a un estante cercano a la ventana, saca el aparato eléctrico, regresa a donde está el hombre entregándoselo y dice—: Aquí está, dígale a la doctora que no se le olvide llenar el vale de resguardo si la va a ocupar todo el día.

—¡Sí, ya démela!

El muchacho le arrebata la plancha de las manos, que, en otras circunstancias, no es ni tan importante ni tan necesaria. Con el preciado objeto en sus manos, el hombre vuelve a recorrer a toda prisa el pasillo de regreso a la sala de Pediatría. Una vez al pie de la cuna donde está el bebé de Ana, pregunta a la galena:

—¿Dónde está el enchufe?

—Parece que detrás del buró —dice la madre del niño.

Con voz nerviosa, apresurada va al lugar que ella misma menciona; recorre con ambas manos, un poco hacia adelante, el buró y comenta:

—Sí, aquí está. —Estira su brazo solicitando el cable. Conecta la plancha y cuestiona—: ¿En qué nivel la pongo?

La doctora responde:

—Al máximo. Le vamos a subir la temperatura lo más rápido posible —mientras habla, quita con cuidado uno de los cobertores, lo dobla, lo coloca a los pies del niño y pregunta—: ¿Ya está lo suficiente caliente?

Raúl se queda sosteniendo la plancha y toca rápidamente con su mano la placa de metal; comprueba la temperatura y exclama al tiempo que sacude sus dedos:

—¡Ouch! Sí, ya está bien caliente.

—Señora, con mucho cuidado, pase la plancha sobre los cobertores. Yo le tomo la temperatura —indica la doctora. Ana toma con cautela el aparato eléctrico de las manos de su enamorado amigo y realiza la actividad encomendada. La galena levanta un poco los cobertores que cubren el cuerpecito frío y agrega—: Créame, es la primera vez que me sucede esto, en cuanto su temperatura esté estable que le hagan los exámenes que faltan.

—Está bien, doctora —dice la progenitora mientras continúa pasando la plancha caliente sobre los cobertores por otros minutos más.

La pediatra toca nuevamente la frente del niño, verifica la temperatura con el termómetro.

— ¡Vaya! Parece que mi técnica rudimentaria funcionó, el calor corporal del niño es normal. Apague la plancha, por favor —señala la especialista.

Raúl, que permanece sentado en la silla junto al buró, pregunta:

—Entonces, ¿ya se repuso?

—Por el momento está estable. —Sin agregar más, la doctora se dirige al módulo de abastecimiento, donde toma el teléfono que allí se encuentra; marca, espera, dice algo que ni Ana ni Raúl alcanzan a escuchar; cuelga el auricular y vuelve al cubículo donde Emilio, Ana y Raúl aguardan—. Ya viene una camilla, llevarán al niño a realizarle el encefalograma y el electro; ustedes esperen.

Capítulo 3

En el departamento de Ana el teléfono timbra por cuarta vez. Mario escucha una voz de mujer. Al percatarse de que se trata de una grabación cuelga inmediatamente sin dejar recado, número ni mucho menos su nombre.

—¿Qué sucede? ¿Estoy marcando mal o el número está equivocado? La duda me está matando. Necesito respuestas. ¡Y las quiero ahora!

Para calmar la desesperación que siente toma nuevamente el teléfono y marca:

—Sí —contesta una voz de hombre conocida, muy querida para él.

—Hola, papá, todo el día he intentado comunicarme con Ana. No estoy seguro si el número que tengo es el correcto.

—Primero salúdame, hijo. Sí, yo estoy bien, ¿y tú?

—Discúlpame, papá, tienes razón. ¿Cómo estás? ¿Cómo está mamá?

—Estamos bien. No quise abrumarte con tonterías. Me da gusto saludarte.

—Lo sé, me inquieta no saber la respuesta a las dudas que tengo en estos momentos. La información que me diste en el aeropuerto me dejó pasmado. Hablé con muchos de los amigos comunes que tenemos Ana y yo en México, sólo uno supo decirme algo, aunque no lo suficiente; por medio de él obtuve un número telefónico, que no sé si es correcto. Busqué en el directorio que la secretaria me hizo el favor de conseguir… Nada.

—Ahora soy yo el que te ofrece disculpas, hijo, por no poder ayudarte; tu madre y yo perdimos o quisimos perder todo contacto con ella.

—Entonces…, ¿cómo estás seguro de lo que me informaste?}

—Porque la vi meses después de tu partida. Fui a ciudad capital a arreglar unos documentos. Juro que era ella.

—¿En qué lugar la viste, papá?

—En un centro comercial. Yo estaba comiendo en un restaurante. Ella no me vio.

—¿Iba… sola?

—Sí, su vientre estaba tan grande que la ropa de maternidad le quedaba pequeña. —¿Que certeza existe de que ese bebé sea mío o de que ella se haya casado con otro? Tal vez por eso no quiso casarse conmigo. ¿No lo crees?

—No soy la persona indicada para contestar esas preguntas; sólo tú y Ana saben las respuestas.

—Entonces ¿cómo voy a saber la verdad, papá?

—Indaga en tus sentimientos, en tus presentimientos, tu corazón sabe las respuestas.

—¿Y si me equivoco? ¿Por qué no me imaginaba lo que estaba sucediendo?

—Tal vez porque te encerraste en tu dolor, en la desesperación o en la incomprensión, tu cerebro no entendió el proceder tan extraño de Ana. Mira las consecuencias.

—La duda me está matando, papá.

—Investiga, resuelve tu situación lo más pronto que puedas. Tu madre y yo nos encontramos con la misma incertidumbre.

—Está bien, papá, encontraré la forma para comunicarme con Ana. Aunque estas cosas no se tratan por teléfono.

—Cuídate, hijo, no dudes en llamar, sea lo que sea.

—Adiós, papá, salúdame a mamá. La conversación que acaba de tener Mario con su padre lo deja pensativo, con más interrogantes que nunca: "¿Qué habrá pasado? ¿Por qué Ana tomó la determinación de dejarme? ¿El hijo o hija que tuvo es mío? ¿A quién le pregunto?". Tan sumido está en sus pensamientos que no se da cuenta de que Mauri, su secretaria, toca, abre discretamente la puerta. El trato diario ha hecho que la chica se enamore de él, aunque Mario no ha dado motivo para que en ella haya nacido ese sentimiento. La bella mujer vestida con traje sastre color beige tiene un buen rato mirando embelesada a su jefe y piensa: "Qué triste se ve. Siempre está metido en sus pensamientos; no ha notado que existo. Ojalá algún día se fije en mí. Sus problemas de México lo han seguido hasta aquí, y no permiten que su corazón se abra al amor. ¿Quién es ella? Debe ser una mujer la que le causa tantos sinsabores… Sus papas, o algún familiar. No…, no creo, porque le he pasado llamadas de ellos, también él les habla lo más seguido que puede".

"Toc-toc".

La sensual mujer toca la puerta por segunda ocasión; se dispone a hablar:

—Licenciado Villanueva, disculpe que lo interrumpa, el licenciado Campos solicita su presencia con urgencia en la sala de juntas.

—Eh…Sí. Gracias. —Mario deja a un lado los documentos que en esos momentos lee, se levanta con su acostumbrado paso, sale de la oficina; su semblante no refleja sentimiento alguno, pasa al lado de la chica sin mirarla siquiera, causando en ella un suspiro que no guarda, llenando el ambiente con su característico perfume.

Ella piensa: "¿Por qué no me ve? Soy tan poquita cosa para él que ni siquiera me percibe".

Queda sola con sus pensamientos. Dirigiéndose a su escritorio continúa con sus actividades del día. Mientras tanto, Mario llega a la sala de reuniones. La puerta abierta le indica que lo esperan.

No se toma la molestia de tocar. Entra en el amplio lugar. El color gris claro de las paredes frontales hace resaltar en una de ellas un reloj circular de gran tamaño; a los dos costados, las ventanas dejan entrar totalmente la luz del sol. Nadie ha cerrado las persianas. La sala está completamente iluminada. El gusto refinado se hace notar en cada detalle: la mesa ovalada de fina madera, los muebles que conforman la extensa habitación, los sillones individuales de piel color negro. El aroma de la caoba llena el lugar, invita a la reflexión, concentración y toma de decisiones importantes. Dentro, ya lo esperan dos hombre de edad madura, el más viejo de ellos le ordena con cortesía:

—Siéntese, Mario. —Los tres personajes toman su lugar en sus respectivos asientos designados. Todos quedan muy cerca unos de otros, lo que facilita la buena comunicación sin necesidad de levantar el volumen de la voz. A continuación toma la palabra el licenciado Campos, hombre de mediana edad, rayando los cincuenta y tantos años, de tez morena clara, cabello negro, corto y lacio; sus facciones no son finas, más bien son simples, normales en el total de la población varonil. No deja duda que el cabello blanco que ha brotado de sus sienes llama la atención de las féminas, lo hace ver más interesante, así que ellas voltean a verlo o fijan su vista en él cuando se cruzan en su camino—. Solicitamos tu presencia de forma urgente e inmediata porque cuando entraste a la compañía firmaste, además del contrato, un formato de cambio de residencia cuando así fuera necesario para beneficio de la compañía. ¿Lo recuerdas?

Mario concentra su vista en un punto fijo del reloj que quedó enfrente de él y expresa:

—Sí, recuerdo que firmé varios documentos.

El ingeniero Saldívar es el que ahora habla:

—Bueno, tenemos buenas noticias.

—¿Qué pasa? —pregunta el muchacho.

El señor Campos responde:

—El director de la empresa sucursal que se encuentra en Alemania solicita su retiro por cesantía. El hombre tiene más de setenta años y por mucho tiempo su esposa, hijos y nietos le han pedido que se retire. Además, él está enfermo. Es justo que esté con su familia ahora que todavía puede. Así pues, de los ejecutivos que componen el personal aquí en México, y en Alemania, creemos, la junta directiva y demás socios, que tú eres el más responsable y capacitado de todos para ocupar ese puesto. ¿Qué te parece? ¿Aceptas? —cuestiona el señor Campos.

Mario queda pensativo, sin habla por unos momentos, hasta que atina a responder.

—Esto es algo inesperado. ¿Tengo que darles mi respuesta de inmediato?

Los hombres al mando se ven mutuamente. El licenciado Saldívar contesta:

—Piénsalo bien, el próximo lunes necesitamos tu decisión.

El muchacho se atreve a cuestionar nuevamente:

—Supongamos que mi respuesta fuera no. ¿Tendría otra oportunidad después?

El mismo Saldívar se encarga de despejar esa duda:

—Lamentaríamos tener que prescindir de tus servicios. Estamos seguros de que aceptarás. Sabes que no todos los días se presenta una oportunidad como esta.

—Es mucha responsabilidad, no sé hablar alemán y... —apeló Mario antes de ser interrumpido.

El licenciado Campos interviene:

—Te proporcionaremos todo lo necesario para que te adaptes rápidamente. Uno de los requisitos para formar parte de los ejecutivos de las empresas es que hablen inglés, por lo que no tendrás problemas con la comunicación; además, la compañía te pagará la asistencia a una de las mejores escuelas de idiomas, para que en poco tiempo hables alemán. El hospedaje y la alimentación corren por tu cuenta, en lo que sí te apoyamos es en la ubicación del departamento: está cerca de las oficinas y de un centro comercial. Ya ves, eres muy valioso para nosotros, te consentimos lo mejor que podemos.

—Entonces lo pensaré arduamente, el lunes a primera hora tendrán mi respuesta —concluye el joven.

—Está bien, esperamos tu respuesta —menciona Saldívar.

Una vez terminada la labor del día, Mario observa desde el balcón de su departamento el ir y venir del tráfico cotidiano de la metrópoli gaucha. Los acontecimientos de la mañana han sido tan sorprendentes que no sabe qué decisión tomar. Medita cada una de las posibles respuestas: si toma la incorrecta sabe que se lamentará toda su vida. "¿Qué hago? Si acepto, será más difícil volver a México. Si no acepto, los esfuerzos y avances que he tenido en la empresa se vendrán abajo. Comenzar de cero es difícil; perder el empleo en estos tiempos es un lujo que nadie puede darse. Si me voy, a mi familia la veré sólo de vez en cuando. Pueden ir conmigo y estar en Alemania los meses de primavera, cuando no hace tanto frío; se regresarían en julio o agosto. Por ellos sé que no hay problema, pero... ¿Y Ana? Si me marcho, la distancia será tan grande que tal vez jamás vuelva a tener contacto con ella. Si estando aquí, es difícil de contactar. A propósito, no sé qué ha pasado, tal vez cambió su residencia, tal vez... Sí, por qué no... tal vez... se casó, vive felizmente con el hombre que eligió, que la embarazó, por el que me dejó, con él tiene un hijo, o una hija".

Estas últimas palabras lo hacen reflexionar, tanto, que su semblante cambia: un rictus de enfado pronuncia más su ceño y el brillo de sus ojos se vuelva cristalino; aprieta las mandíbulas con coraje, con furia; suelta golpes con los puños cerrados al barandal; con voz ronca, por el coraje que siente, dice en voz alta.

—¡Basta! ¡Se acabó! ¡Es mucho tiempo que le he dedicado a esa mujer! ¡Yo me muero de amor por ella, y ella en cambio está felizmente viviendo con otro!

Mario aspira el aroma de la noche que comienza a llenar el panorama; cierra los ojos, de donde comienzan a rodar lágrimas de frustración, de desengaño, de amor no correspondido; en esta ocasión no trata de detenerlas, permite que fluyan abundantemente. Se desahoga por unos minutos hasta que menciona en voz baja: —Estas son las últimas lágrimas que derramo por ti, Ana; con ellas te entierro en lo más profundo, en lo más lejano de mis recuerdos; de hoy en adelante, jamás, jamás permitiré que un solo pensamiento sea para ti. Te amo, sí, pero tú no correspondiste a ese sentimiento: me humillaste, me heriste, me usaste, me abandonaste en el momento más importante de nuestras vidas; pues bien, de hoy en adelante, para mí, estás muerta, ¡muerta!, ¡muerta!

Dando media vuelta se aleja del balcón. A lo lejos escucha las campanas de una iglesia cercana, cuyo tañer es triste, lastimero, anunciando el réquiem por una persona amada, réquiem por quien se dice el último adiós, para no volver atrás. Mario cierra la puerta de cristal, corre las cortinas, como queriendo cerrar, terminar este capítulo luctuoso de su vida. Se desviste y se prepara para darse un baño; al entrar al chorro de agua levanta su cara para limpiar su llanto: no desea que quede ninguna huella de su dolor y tristeza. Refriega su cuerpo con coraje por la debilidad mostrada hace unos momentos, queriendo borrar todo sentimiento de amor por la mujer que lo abandonó el día de su boda.

A la siguiente mañana, Mario sonríe, se levanta, vuelve a repetir el baño nocturno, seca toda el agua que queda adherida a su cuerpo, se afeita. El muchacho toma en serio su aseo personal y con otra toalla retira el resto de la crema que se ha untado. Entonces escucha el timbre del teléfono. Con su característico andar, recorre la distancia del baño a la mesita donde está el auricular. Su figura varonil muestra un cuerpo proporcionado. No hace ejercicio excesivo, pero sí el suficiente para estar en buena forma, así lo demuestran los bíceps, pectorales abultados, su abdomen que, aunque no muy marcado, denota la actividad que lleva a diario, pues si bien no acostumbra asistir al gimnasio, sigue una rutina en su departamento que sirve para mantenerse en buena forma, con una silueta envidiable para los mismos varones, atractiva a la vista de las mujeres.

—Sí, soy yo. ¿De dónde? ¿Guadalajara México? Por supuesto que la acepto.

Mario escucha del otro lado de la línea la voz de su madre:

—Hola, hijo, ¿cómo estás?

—Hola, mamá; bien, gracias. ¿Y ustedes?

—Todos estamos bien, te llamo porque toda la semana he estado con una zozobra que no me deja en paz, mi intuición me dice que algo anda mal.

—No mamá, estoy bien; en esta ocasión, me temo que te equivocas.

—No, Mario, mi intuición de madre me dice que algo no está bien, cuéntame hijo.

—No sé si un ascenso sea algo malo mamá.

—¿Qué? ¿Un ascenso?

—Sí, ayer los directivos me informaron que hay una vacante.

—¿Ya ves? Me da gusto que no es nada malo. Yo presentí algo. ¿Vas a aceptar? —No lo sé, mamá.

—¿Por qué no sabes? ¿Acaso no es lo que siempre has deseado?

—Sí, lo que sucede es que no es aquí, ni en México.

—Entonces, ¿dónde?

—Si acepto, tengo que mudarme a Alemania.

—¡Alemania! Eso queda muy lejos, Mario.

—Lo sé, mamá, por eso tengo que pensar muy bien, antes de decidir.

—Si te vas, nos veríamos todavía menos.

—No, mamá, porque los podría llevar conmigo.

—¿Ir contigo? ¡No! Alemania es un país muy frío.

—No siempre estarían allá, los meses de primavera y parte del verano regresarían a México a finales de septiembre. ¿Qué te parece?

—Ahora soy yo quien no sabe qué decir.

—¿Ves por qué estoy inquieto? Mi decisión no sólo me afecta a mí, también los involucra a ustedes.

—No, Mario, la decisión que tomes debe ser lo mejor para ti. Te apoyamos en todo incondicionalmente; para eso somos tus padres. Si nos quieres invitar a estar contigo, con gusto te acompañamos, sea el lugar que sea.

—Gracias, mamá.

—Tranquilízate, por nosotros no te preocupes; si tienes que decidir, piensa en los pros y los contras, y, con base en eso, decide.

—De acuerdo, mamá, tu opinión es muy importante.

—Espero que mis palabras hayan sido de ayuda.

—Claro que sí, mamá.

—Entonces me despido, hijo; llámanos cuando tengas la respuesta.

—Está bien, mamá.

—Adiós, Mario. Cuídate.

—Hasta luego. Saludos a mi papá y a mis hermanos.

—Gracias. De tu parte, les daré tus saludos. Adiós.

—Adiós, mamá.

Mario cuelga el teléfono. Las palabras de su madre lo animan para tomar la decisión de aceptar el nuevo reto: viajar a Alemania, hacerse cargo de aquella sucursal. Más tarde en la oficina, el muchacho habla con el licenciado Saldívar, ambos hombres entablan una charla a puerta cerrada que dura más de una hora, tiempo suficiente para que el destino del joven tome un nuevo y desconocido rumbo, abriéndose una enorme brecha, tan grande que ahora está el inmenso océano Atlántico de por medio entre él, sus padres y… la mujer que ama, a quien, pese a sus convicciones, sin proponérselo, no deja de querer con todo su ser, su corazón, su alma.

Una vez que llega a Hamburgo, Mario se instala en un departamento sencillo con todas las comodidades que necesita un hombre soltero. Sin empeñarse, la vida lo recompensa de cierta manera: lo cambia de no tener la felicidad amorosa por éxito en su trabajo, lo que consecuentemente trae consigo dinero, comodidad, estabilidad económica. ¿Acaso vale la pena tener lujos y bienestar a cambio de no tener la compañía de la persona amada? ¿De qué sirve llegar a la cima si no hay nadie con quién festejar? Mario es uno de los hombres más codiciados de la empresa, sí, pero hasta el momento no ha encontrado a la persona con quien compartir todo: desde el más mínimo detalle hasta dar la vida por ella. En un tiempo creyó que Ana era la mujer perfecta con quien estaría el resto de su vida, con quien viviría los momentos felices y alegres, la que le calmaría el dolor de algún fracaso. Ahora se ve solo, con todo lo que ha logrado, sin nadie con quién festejar. Los días pasan, la rutina del trabajo es la única que llena por completo su vida.

CAPÍTULO 4

Ha pasado más de un año desde que Mario llegó a tierra teutona. Después de cumplir con las actividades, asiste a una academia de idiomas para aprender más rápido la lengua del lugar donde vive y trabaja. Se le ha hecho tarde por una reunión extraoficial, así que toma la decisión de no ir a clases. Faltan sólo unos metros para llegar al estacionamiento del edificio donde vive. En el último momento, cambia de opinión y enfila su automóvil nuevamente a la avenida principal; conduce hasta llegar a la institución, estaciona su unidad, sale del vehículo con un libro en la mano, pone la alarma del auto y camina de prisa (algo inusual en él). Sube cinco escalones para llegar a la puerta principal, la empuja, le da acceso al interior. Se topa de frente con una mujer muy joven, puede decirse que es todavía una adolescente por el cutis terso que tiene; ella no usa maquillaje, no lo necesita. El muchacho la ve directamente a los ojos, su color lo estremece, ve en ellos lo mismo que años atrás en otros ojos había visto: un resplandor increíble, una luz que jamás en su vida imaginó observar. Esa cara de niña-mujer le impacta tanto que no puede articular palabra, por primera vez en muchos años no sabe qué decir. La muchacha sonríe, le saluda cortésmente en perfecto alemán.

—Buenas tardes, profesor.

—¡Profesor! ¡No! —Mario contesta.

La muchacha, sorprendida, abre aún más sus ojos color azul y con voz queda dice: —Lo siento, pensé que usted era uno de los profesores de la academia.

—¿Por qué? —cuestiona el muchacho.

—Por su forma de vestir…, por su edad —menciona ella.

El joven pregunta:

—¿Soy muy viejo?

—Sí… Quiero decir, no… Bueno…Ya no sé lo que quiero decir —titubea ella, sus facciones cambian, el tono de la piel de su rostro también, la blancura de hacía unos momentos se torna rosada, ahora sus ojos brillan con más intensidad.

—No te preocupes —menciona Mario.

—Lo siento —ahora es la joven la que sale de prisa. No da tiempo a que el muchacho diga más.

—¡Ey, espera!

Sin decir más, la muchacha camina a toda prisa. Por unos segundos, Mario no sabe qué hacer; cuando reacciona, sale a la calle para observar que ella se aleja en su automóvil compacto. Se dice en voz alta:

—¡Válgame la Virgen! ¡Qué niña tan bonita!

Mario regresa enseguida al interior del edificio, entra a la sala donde toma sus clases; aunque está presente, el resto de la hora que queda pierde por completo la concentración, su mente se llena con el rostro y ojos de aquella chiquilla. Finaliza el módulo sin haber obtenido una buena práctica del idioma.

Los días venideros son de completa rutina en la oficina, documentos que leer, oficios que firmar, reuniones a las que hay que asistir, etc. Algo ha cambiado en la mente de Mario. Cuando se acerca la hora de salida, su corazón comienza a palpitar de prisa; observa las manecillas de su reloj con más frecuencia. "¿Qué me pasa? No puedo…, no debo volver a enamorarme, ¡no!". A pesar de que Mario lo intenta, las ganas de volver a ver a aquella chiquilla son más fuertes que él. En el instituto de idiomas, al salir del aula, busca con la mirada la silueta de aquella niña-mujer que nunca antes había visto por ahí. Su búsqueda es en vano. Decepcionado, sale del edificio y enfila a su departamento. Al día siguiente, lo primero que hace al llegar a la academia es buscarla en el interior de cada salón; se pasea visitando todas las clases, asoma su cara dentro de cada aula. Queda satisfecho hasta cierto punto cuando ha recorrido cada una las instalaciones comprobando que la mujer buscada no está en el edificio. Hasta entonces entra a su clase, aunque no siente el mismo interés por practicar y aprender. Acude por las tardes con la esperanza de encontrarse otra vez con su preciosa niña.

Los días pasan. Finalmente el curso termina. El comité encargado organiza un bonito convivio donde asisten alumnos, profesores y algunos invitados. Mario acude con la esperanza de encontrar por fin a la muchacha que le ha quitado el sueño últimamente. A pesar de que su espera ha sido larga, esa tarde rinde fruto: mientras conversa con algunos compañeros del grupo, con quienes toma una refrescante agua de frutas y algunos aperitivos, busca con la mirada las facciones inconfundibles de la bella niña. Por fin, de entre la concurrencia, ve su silueta, esa diminuta, esbelta figura que le ha quitado del pensamiento a la otra mujer, aquella que quedó en México y creyó no podría olvidar jamás. Sin pensarlo, tal como lo haría un colegial, se desprende con una sonrisa; pide amablemente permiso de las personas con las que charla; va primero a la mesa donde están las bebidas, toma un vaso, lo llena con el líquido, parte hacia donde se encuentra la bella chica.

—Hola —dice cortésmente. La muchacha lo ve fijamente contestando el saludo:

—Hola.

Mario retoma la charla:

—La última vez que nos vimos creo que no fue la más adecuada. Dime: ¿ya no vienes al curso?

La muchacha lo ve ahora con asombro y es ella la que pregunta:

—¿Piensas que soy una de las alumnas?

—Sí, por la forma en que saliste, se me ocurre pensar que estabas escapando; rectifícame si me equivoco —menciona el joven.

—La verdad…. —la mujer se queda con la palabra en la boca al ser interrumpida por uno de los profesores, un hombre de más de cincuenta años, de pelo entrecano, piel blanca, semblante bonachón.

—¡Aquí estás, muñequita! —La abraza, le da un beso en la mejilla. La muchacha tolera el beso e inmediatamente aleja al hombre con ambas manos.

—Ya, papá, me sofocas.

El hombre mayor continúa hablando dirigiéndose a Mario:

—¿Verdad que mi bebé es la muchacha más linda del mundo?

El joven se limita a sonreír. Le da un trago a la bebida que lleva en una de las manos. El otro vaso lo extiende a la linda desconocida, que nuevamente dice dirigiéndose a su progenitor:

—¿Ya ves por qué no quiero acompañarte? Siempre me pones en ridículo delante de la gente.

—Vamos, princesita, no te enojes.

El profesor de la academia no puede ocultar el amor que le tiene a su hija, se lo demuestra en todo momento. La chica manifiesta el desagrado que la actitud de su padre le produce: al sentir el roce de su mano sobre su mejilla la muchacha la retira instantáneamente, hace una mueca con la boca, similar a la de un puchero de un bebé. Mario, en lugar de retirarse, se acerca al oído de la joven susurrándole:

—¿Necesitas ayuda?

—Sí —la muchacha no duda en contestar.

Mario habla con el profesor:

—Disculpe, profesor, ¿me permite hablar un momento con su bebé?

Al escuchar la última palabra la muchacha cambia su mirada, muestra ahora un ceño de enojo. No dice nada. El padre pregunta:

—¿Usted conoce a mi hija?

—Sí, nos conocimos hace poco; uno de esos días que ella lo acompañó —es la respuesta del muchacho.

El profesor le dice a la joven.

—¿Por qué no me habías dicho que tenías un amigo aquí en la academia?

Ella contesta tajante, de mal humor:

—Papá, no te voy a decir lo que hago paso a paso.

—Está bien, está bien —dice el profesor.

La muchacha voltea a ver a Mario, le toma una de las manos y pregunta:

—¿Nos vamos?

—Sí, vámonos. En un rato le regreso a su hija, profesor.

La muchacha avanza rápidamente. Los dos jóvenes comienzan a caminar. Introduciéndose entre la gente se ocultan así del padre obsesivo de ella.

—Y bien, señorita, ¿qué tiene usted que decirme? —pregunta Mario.

—Después de lo que presenciaste, ¿qué puedo agregar? —contesta ella.

—Tal vez para ti sea algo insignificante. ¿Qué te parece si empezamos por presentarnos?

Ella, con ojos de asombro, añade:

—¡Tienes razón! ¡Ni siquiera sabemos nuestros nombres!

Ella levanta la voz. La música llena el recinto. Los demás invitados comienzan a bailar al ritmo pegajoso; ambos los imitan. Cuando por fin termina la melodía, ella le toma nuevamente la mano, lo arrastra a una de las salidas del salón; una vez fuera, continúan caminando hasta llegar a una de las bancas de metal que se encuentra cerca de la acera. La luz del sol se ha ido por completo, las estrellas y su tintinar en el firmamento cubren el manto celeste. Los dos se sientan. Él levanta la vista. Mira por breves segundos los puntitos luminosos que han aparecido en el cielo negro. Con más tranquilidad, ella habla primero:

—Antes que nada te ofrezco una disculpa por el comportamiento de mi papá y mío; sé que no debo ser así con él. Mi padre me desespera, me trata como si fuera una niña.

—Tal vez lo veas desde tu punto de vista. Es tu padre, quiere lo mejor para ti.

Ella guarda silencio unos segundos y se queda pensativa. Mario aprovecha para contemplar sus rasgos finos, su piel blanca; el cabello pelirrojo y corto le hace resaltar el tono de sus ojos azul turquesa. Luego ella voltea a verlo. Ambos quedan uno frente al otro. Ella lo saca de su embeleso para comentar:

—Tienes razón, no hablemos más de eso, me incomoda y pone de mal humor. ¿Está bien?

—Sí, cambiemos de tema —agrega Mario.

—Nuevamente tienes razón. Comencemos de cero —comenta la chica.

—¿De cero? —pregunta Mario.

—Sí, con nuestras presentaciones. Me llamo Natalia Shneider; mis amigos me dicen Natally, gusto en conocerte. —Ella le extiende la mano derecha.

—Gusto en conocerte, Natally. Yo soy Mario Villanueva. —Él toma la mano de ella entre las dos suyas y la mira fijamente a los ojos. Al observarse, ambos se van acercando poco a poco hasta que sus bocas se funden en un tierno beso, beso que sólo dura un instante, como el primer beso de la adolescencia, que no tiene más malicia que ser descubierto por un adulto; beso que los dos disfrutan. Él retoma la plática:

—Discúlpame, no pude evitarlo, desde el día en que te vi por primera vez quise darte este beso.

—No te disculpes, de no haberlo querido, no te hubiese permitido que te acercaras a mí. Te llamas Mario. ¿Tu nombre es español? ¿Eres español? —se atreve ella a preguntar.

—Sí, mi nombre es Mario; no soy español, soy mexicano.

—¿Mexicano? ¡Eso queda al otro lado del mundo! —agrega Natally con asombro.

Él sonríe y añade:

—Sí, mi país está muy muy lejos.

—Dime, Mario, ¿qué haces tan lejos de tu casa? —cuestiona ella.

—Asuntos de trabajo —contesta él.

—¿Casado? —vuelve a preguntar la muchacha con un dejo de picardía en la media sonrisa que le brinda a él.

—No, no por ahora.

—Comprometido entonces, o vives en unión libre con alguien.

—No, me refiero a que hasta el momento no he encontrado a la chica ideal para que forme parte de mi vida.

—¿Eres muy exigente con lo que buscas en esa chica especial?

—¿Exigente? No —contesta él tajante.

—¿Cuál es tu historia?

—¿Tiene que haber una historia?

—Todos tenemos una historia, buena o mala; he aprendido a lidiar con muchos problemas; ya ves, como muestra está mi papá.

—Mario sonriendo menciona.

—Ese no es un problema grave, ¿o sí?

—Ya te quiero ver con él, pegado a mí todo el tiempo; no me deja respirar, necesito mi espacio.

No bien acaba Natally de decir estas últimas palabras cuando ambos escuchan una voz familiar proviniendo de la entrada principal del salón de baile:

—Natally, chiquita, aquí estás, te me perdiste de vista.

Ella, con desenfado, agrega:

—Aquí estoy, papá, no me han raptado todavía .

El hombre adulto menciona con voz melosa:

—Hija, no digas esas palabras, no juegues con el destino.

Natally no toma en serio las palabras dichas por su progenitor, pero aprovecha para hacer las presentaciones de ambos hombres:

—Papá, te presento a Mario Villanueva, mi novio.

El hombre mayor apenas puede creer lo que sus oídos acaban de escuchar. Con los ojos desorbitados por el asombro, no puede articular frases completas:

—Tú... tú... ¿Qué?... ¿Novio?... Pe... pero... ¿cuándo? No.... ¿Estás... jugando? Mario dirige una mirada de complicidad a la muchacha. Ella afirma con un guiño y movimiento de cabeza para que él le siga el juego mientras Natally prosigue hablando:

—No te lo comenté antes, porque quería que fuera sorpresa. Te sorprendí, ¿verdad? —El padre todavía no sale de su asombro, la joven aprovecha para continuar—: Papá, Mario es mexicano, México está cerca de... de...

—De Estados Unidos de Norteamérica —concluye Mario la oración que ella inicia. El hombre ya molesto agrega:

—Sé dónde está México.

La chica está a punto de soltar la carcajada. Al ver el rostro furibundo de su progenitor, dice:

—Papá, no seas grosero, saluda a Mario, ¿qué va a pensar de ti?

El profesor voltea a ver al muchacho y extiende su mano derecha.

—Mucho gusto, Mario, soy el profesor Shneider. Eso usted ya lo sabe.

—Mucho gusto, profesor Shneider. Sí, ya nos conocemos. Lo felicito por tener una hija como Natally.

El hombre mayor cambia su expresión al escucharlo. Esbozando una media sonrisa, se dirige a su hija:

—Es hora de que nos vayamos, Natally. Mucho gusto, Mario, aunque supongo que nos volveremos a ver —diciendo lo anterior, inclina su cabeza en señal de despedida, da media vuelta, comienza a caminar, avanza unos pasos; se detiene, esta vez levanta un brazo, muestra lo que lleva en él, agrega sin voltear a ver a los dos muchachos—: Llevo aquí tu abrigo, hija; no tardes.

La joven levanta los hombros añadiendo:

—Está bien, papá. ¿Lo ves? Me comunicaré contigo, después Mario pregunta:

—¿Cómo? Si lo único que sabes es mi nombre.

—No te preocupes, tengo mis métodos, hasta luego —agrega ella. El muchacho, viéndola alejarse, sólo dice:

—Hasta luego, Natally.

Sin perderlos de vista, observa que el padre de ella la espera metros adelante; el profesor está recargado en la puerta del copiloto de un auto compacto color azul tenue. Ella abre la puerta. El hombre se introduce en él. La muchacha camina hacia el lado del conductor y realiza la misma actividad. Mario espera que ella voltee a verlo; pasan los segundos, se queda esperando el último vistazo de sus nuevas amistades que parten del lugar.

Los quince días que tienen de descanso entre un nivel y otro en la academia de idiomas a Mario le parecen una eternidad, pues no sabe nada otra vez de su preciosa Natally. La espera lo pone de mal humor. En varias ocasiones ha intentado obtener información:

—Señorita, por favor, necesito contactar al profesor Shneider.

—Le dije la vez anterior, y se lo vuelvo a mencionar, no puedo darle ninguna información personal de nadie, tiene que esperar a que inicien las clases para poder contactarlo, tenga paciencia.

CAPÍTULO 5

En México la vida sigue su curso. Emilio comienza a responder al tratamiento médico: la gravedad de su enfermedad cede. Es dado de alta. Por fin, luego de varias semanas de estar en el hospital, madre e hijo pueden abandonar el lugar. Raúl siempre está al pendiente de todo lo concerniente a ambos y está listo para acompañarlos a su departamento.

—¿Listos? Parece que no olvidamos nada. Aquí tengo la receta con los medicamentos y la dieta de Emilio. No hay nada más.

Ana da un rápido vistazo al reducido lugar en el que se encuentran y asienta

—Tienes razón. No hay nada que olvide. Vámonos.

Los tres caminan por los diferentes pasillos que los separan de la entrada de acceso. Una vez allí, ella voltea y con un suspiro dice:

—Parece que fue una eternidad la que estuvimos dentro de este lugar.

— El sufrimiento y el no poder hacer otra cosa por tu hijo te hicieron sentir que fueron meses, y no días, los que estuviste ahí. Gracias a Dios, Emilio está sano para regresar a casa.

Raúl se acerca un poco más a la avenida, divisa a lo lejos un taxi; con la mano derecha hace la seña correspondiente para que la unidad se detenga justo a unos pasos de donde se encuentran los tres. Raúl abre la puerta trasera del vehículo; con amabilidad permite que Ana, llevando a su hijo en brazos, se introduzca al auto. El joven enamorado cierra la puerta para luego abrir la que se encuentra en la parte delantera, la del copiloto; se acomoda en el asiento correspondiente, saluda al conductor, da la dirección de Ana para después enfilar hacia allí; luego de varios minutos, arriban a la casa donde Ana vive. Raúl saca unos billetes, paga al chofer lo correspondiente por el servicio e inmediatamente sale del automóvil. Abre la puerta donde se encuentra Ana; ofreciéndole su mano derecha la ayuda a salir; ella permite aceptando el gesto que el muchacho con amor le ofrece; él pasa su brazo por los hombros de ella. Caminan los tres juntos los metros necesarios hasta llegar a la entrada del edificio. Ella le da su bolsa a Raúl.

—Abre, por favor, el cierre, las llaves están adentro en la bolsita.

Él obedece, introduce su mano, saca las llaves de las que selecciona una ya conocida de tantas veces que ha tenido que venir para llevar a Ana ropa limpia cuando la muchacha así se lo ha solicitado. Raúl abre la puerta principal del edificio. Pasando todos a su interior, enfilan al ascensor; ahí él aprieta el botón correspondiente al piso donde la muchacha vive y pregunta.

—¿Quieres que me quede hoy aquí?

—No, gracias, los tres necesitamos descansar; hoy no sería una buena compañía para ti.

Él insiste:

—Sabes que cuentas conmigo en todo momento, sea bueno o malo.

—Agradezco tus palabras, de verdad, sólo que hoy únicamente quiero tomar un baño y dormir toda la noche, si es que Emilio lo permite.

Enseguida ella toma al niño en brazos, el pequeño se recarga sobre el hombro derecho de su madre, cierra los ojos. Raúl baja la voz al ver que el niño comienza a dormir.

—No te molestaré, me quedo sólo un rato más, el tiempo suficiente para que te bañes con calma mientras cuido de tu hijo.

—¿Harías eso por mí? Hace tiempo que no disfruto de un baño relajante, y vaya que me hace falta.

Los dos escuchan el timbre del ascensor, que indica el piso seleccionado. Llegan al departamento. Raúl vuelve a buscar la llave adecuada, al localizarla la introduce en la cerradura, la cual que cede sin problema para quedar franca a la vista de sus inquilinos; el interior está a oscuras: la noche ha llegado. El hombre busca en la pared el *switch* para encender las luces; lo localiza y lo oprime; inmediatamente una luz blanca llena el lugar. Ana observa las cosas y objetos, los mira como si fuera la primera vez que lo hace: extrañó todo lo que su casa tiene; aunque los detalles y adornos son simples, sencillos…, son su hogar. Camina hasta llegar a la sala. Una vez ahí, Raúl pregunta

—Entonces, ¿me quedo?

—Está bien —es la respuesta de ella.

Ana enfila directamente a la habitación del pequeño y lo deposita con suavidad en su cuna; verifica que su hijo esté cómodo, lo besa en la frente. El niño se ha dormido, así que Ana se dirige a su enamorado, quien la ha seguido hasta ahí:

—Voy a darme un baño, no me tardo.

—No te preocupes, tómate tu tiempo.

El muchacho regresa a la sala, donde se sienta en el sillón que está frente al televisor; busca el control remoto, lo toma, lo enciende, revisa los canales de su agrado; al encontrar el de resumen deportivo presta atención a los comentarios. Deja pasar un buen rato. Pasan varios minutos antes del regreso de Ana, que ahora lleva puesta una bata de baño azul cielo, una toalla enredada en la cabeza y encamina sus pasos a la sala donde Raúl ve el programa. Se detiene sólo cuando está frente a él. Con su cuerpo cubre totalmente la pantalla para llamar su atención. Le dice:

—Gracias por el apoyo que me brindaste todos los días que estuvimos en el hospital.

Él la mira fijamente a los ojos, la observa con amor, con ternura…, con pasión. El cuerpo de ella recién bañado despide un aroma floral. Raúl se levanta lentamente, le toma ambas manos, acerca su cara a la de ella, percibe el perfume de su cuello, besa el lóbulo de su oreja izquierda, busca sus labios; cuando los encuentra une los suyos con los de muchacha, que no rechaza la caricia… El beso se vuelve más y más intenso: de tierno a pasional. Él quita la ropa de baño que cubre el cuerpo y cabeza de ella, quien queda completamente desnuda ante la mirada de él. Raúl poco a poco se quita lo que trae puesto sin dejar de besar a la muchacha. Ana responde también a la motivación sexual, corresponde de la misma manera a las caricias que el muchacho le brinda; hace tanto tiempo desde la última vez que tuvo contacto físico con el padre de su hijo que, por un instante, su mente aleja el recuerdo de Mario para perder la noción del tiempo y del espacio. Raúl, suavemente, la recuesta sobre el sillón, donde los dos unen sus cuerpos desnudos. Ella se deja llevar por las manos y boca del muchacho, quien recorre su cuerpo de cabeza a los pies llevándola hasta el infinito: la hace sentir nuevamente la mujer apasionada que solía ser hasta hace poco tiempo. Él no deja un solo milímetro de piel sin ser tocado por sus labios ávidos de amor, amor guardado por meses y meses, que al fin se ha desbordado cual río caudaloso, con el ímpetu de un animal salvaje que reclama su presa, presa que ha seguido cauteloso por senderos y valles. Finalmente, su espera es recompensada: al sentir la piel tibia del otro viven momentos de deleite supremo, sus sentidos vibran al máximo al disfrutar plenamente la entrega. Ambos escuchan sus respiraciones agitadas, entrecortadas, señal inminente del gozo pleno y satisfacción total.

Después ella piensa: "Han pasado muchos meses desde la última vez que tuve relaciones sexuales con Mario; pensé que mi cuerpo no respondería a este nuevo encuentro; nuevo para mí, en el sentido que son otras manos las que me motivaron, otros labios los que me besaron; sus caricias son diferentes pero acertadas".

Al verla pensativa, el muchacho sentándose pregunta:

—¿En qué piensas? Espero no te haya molestado mi actuar, de ser así te ofrezco una disculpa; de verdad lo siento, te prometo que no volverá a ocurrir... Cuando te vi, no pude más: despiertas en mi ternura, pasión. Ya ves, bastó sólo el roce de tus manos para que aflorara en mí todo el amor que te tengo.

—No te disculpes, creo que también era lo que yo deseaba, aunque me negaba a aceptarlo.

—¿Y? Después de lo que ocurrió, ¿cómo vamos a quedar? ¿Seguiré siendo sólo tu amigo o quieres que comencemos una relación más seria?

Ella no responde de inmediato, cierra los ojos; no desea herirlo con su respuesta. Busca las palabras adecuadas para que él no se sienta mal, utilizado o engañado: —Por el momento, dejemos las cosas como están; sería muy precipitado hablar de una relación más formal. Dejemos que el tiempo decida. No deseo adelantar nada ni alentar en tu corazón la esperanza de la unión que tanto deseas.

Él la escucha. Con un vuelco en el corazón comenta:

—Te entiendo, te comprendo, así lo sentí, no te soy tan indiferente después de todo, ¿o me equivoco?

—Mis sentimientos son muy confusos. No puedo responder de inmediato. Te aseguro que voy a pensar muy seriamente lo que tengo que hacer. Por favor, dame unos días para contestar y poner en orden mis pensamientos.

—Está bien, no voy a precipitar las cosas.

Diciendo lo anterior, Raúl se levanta y comienza a vestirse en silencio. Ella lo observa detenidamente; sus ojos recorren todo el cuerpo de él. Es la primera vez que los dos se ven desnudos. La vista de ambos queda satisfecha. Los jóvenes son físicamente compatibles, se gustan. Una chispa de amor comienza a nacer en Ana, aunque duda y tiene sentimientos encontrados. ¿Bastará con esa pequeña dosis de sentimiento para que ellos decidan unir no sólo sus cuerpos, sino también sus corazones y, más profundo aún, sus almas? Una vez vestido con una sonrisa pícara en los labios, él la ve fijamente y pregunta:

—¿Te veo mañana?

Ana se siente escudriñada. Ella desvía la mirada vistiéndose nuevamente con la bata:

—No, por favor, necesito estar sola unos días.

—Está bien. Sólo te recuerdo que tienes que reportarte a la oficina lo más pronto posible. Tu lugar está esperándote.

—Gracias. Mañana hablo por teléfono para ponerme en contacto con mi jefe. Espero estar allá cuanto antes

—De acuerdo. —Raúl se acerca, besa suavemente los labios de ella y agrega—: Estaré esperando noticias tuyas. Me voy. Hasta luego.

Él encamina sus pasos a la salida del departamento. Antes de cerrar la puerta escucha:

—Adiós Raúl.

Ana queda sola en la sala, camina al apagador, presiona el botón; la luz se apaga quedando la habitación a oscuras. Ella recarga todo el peso de su cuerpo en una de las paredes. Habla para sí. Trata de justificar su comportamiento reciente, aunque no siente remordimiento alguno por haber actuado de la manera en que lo hizo momentos antes: "No puedo seguir pensando todo el tiempo en lo que pudo haber sido, en lo que no será, en lo culpable que me siento por haber dejado a mi hijo sin su padre; me equivoque, sí, pero no hay remedio. ¿Qué es lo mejor? ¿Qué hago? ¿Me quedo sola de por vida o acepto la compañía y respaldo que Raúl me ofrece? Dios, qué dilema. Mi mente me dice que no espere más a Mario. Él nunca quiso saber nada de mí. Mi corazón lo esperará eternamente. Raúl ha puesto todo su empeño para que lo olvide. Será difícil suplir a Mario, más aún, olvidarlo". Con la cabeza llena por este conflicto, Ana va a su habitación, mira a su hijo dentro de la cuna: su sueño es tranquilo; al verlo, nadie imaginaría que días atrás su estado de salud llegó a ser tan crítico que los médicos y enfermeras pensaron que moriría porque no sabían qué tenía. Le dieron tratamiento para varias enfermedades y, sin razón alguna, sus malestares cesaron repentinamente. Así como enfermó, su salud mejoró. Ella y su hijo ahora deben olvidar el pasado, dejarlo atrás; descartar la angustia, la desesperación, la impotencia de no poder hacer nada sabiendo que en cualquier momento su hijo podía dejar de existir. La muchacha pasa su mano derecha por la frente del pequeño, comprueba que no tiene fiebre y que su respiración es normal. Con tranquilidad va al clóset, se viste una pijama fresca; apaga la luz, regresa a su cama, se recuesta; no se mete dentro de las sábanas, no necesita más calor que el que su cuerpo tiene; acomoda su cabeza en la almohada; su pelo está completamente seco. Cierra los ojos, trata de dormir, sus pensamientos no lo permiten, su mente es un caos, está llena de incertidumbre, de dudas y preguntas sin respuestas, una y mil ideas no le permiten conciliar el sueño hasta bien entrada la madrugada.

A Ana le parece que apenas hace unos minutos ha empezado a dormir cuando el pequeño Emilio reclama su atención, comienza a llorar. Ella se levanta de inmediato, checa, ve que el niño necesita un cambio urgente de pañal; lo toma en sus brazos, lo arrulla, le canta una canción de cuna conocida; el niño vuelve a dormir. Ella lo lleva a su cama, lo acuesta al lado suyo, también se acuesta minutos después: los dos duermen nuevamente. Hasta muy tarde por la mañana, Ana y Emilio despiertan luego de un sueño reconfortante y necesario. Tras la incomodidad vivida dentro del hospital, no puso el despertador, quiso dormir, dormir hasta que ella o su hijo abrieran los ojos cansados de tanto hacerlo.

—Hola, mi bebito. ¿Estás bien? —Ana dirige palabras amorosas a su pequeño. El niño le regala una gran sonrisa a su progenitora, haciendo borucas que su lengua emite intentando ser palabras—. ¿Quieres comer? Voy a preparar el desayuno para los dos. ¿Estás de acuerdo? —Sin decir más, ella se levanta, toma a su hijo en brazos, los dos van a la cocina; la muchacha que le ayuda entró al departamento hacía varias horas. Al verlos dormir no los despertó. Ana sienta al niño dentro de una silla para bebé.

—¿Almorzaste? —cuestiona a su ayudante.

—Sí.

Ana, sin perder de vista a su hijo, abre el refrigerador, saca los ingredientes necesarios para preparar un *omelet:* de un gabinete, un recipiente de plástico y una cuchara de madera. Hace el sencillo y delicioso desayuno, que sirve en dos platos. Mientras aguarda que la receta se enfríe, prepara un biberón de leche para Emilio y una taza de té para ella. Ambos están entretenidos comiendo cuando escuchan el timbre del teléfono

"¡Ring, ring, ring!".

—Sí, buenos días —contesta ella.

—Hola, ¿cómo estás? —escucha la voz conocida de Raúl.

—Hola. Estamos bien. ¿Qué pasa?

—Te llamo, primero, para saludarte; y también para informarte que tu jefe te necesita, debes ponerte en contacto con él hoy mismo.

—Está bien, le llamo al rato.

—Me dio gusto hablar contigo, nos vemos pronto.

—Hasta luego, Raúl. Adiós.

En los días siguientes, Ana procede a realizar de nuevo su rutina diaria: se levanta cuando los primeros rayos de sol aún no se vislumbran, hace las actividades acostumbradas antes de salir de casa, y espera a Lupe, la muchacha que le ayuda con el cuidado de su hijo. Cuando Ana llega a la estación del metro ya la espera su enamorado, Raúl, quien, al verla, se acerca, la abraza efusivamente, le da un rápido beso en los labios, al cual ella corresponde, pero no con la misma intensidad que él quisiera. Raúl, emocionado de verla nuevamente, no se percata del detalle; si lo nota, no se lo comunica, no en esta ocasión; habrá otros abrazos, otros besos con más cariño y, ¿por qué no?, tal vez con más amor, o hasta con el mismo amor que ella le tiene a Mario, el padre del pequeño.

En los meses siguientes, Ana y Raúl, luego de terminar las actividades diarias, pasan un rato juntos. Un día, después del trabajo, caminan por la avenida donde vive ella; él le pasa su brazo izquierdo por el hombro derecho y aprovecha la quietud del momento:

—Son varios meses desde que comenzamos a salir y tuvimos nuestra primera cita formal… Siento con más intensidad el sentimiento que te tengo. ¿Qué sientes tú? —Mi sentir… No creas que no lo he pensado, al contrario, pienso en ti todos los días. Hasta cierto punto te tengo mucho cariño. No sé qué hubiera hecho si no te hubiese tenido a mi lado cuando mi hijo enfermó. Eres la persona que siempre estuvo cuando más lo necesité, por eso estoy realmente muy agradecida, pero mi sentimiento es solo eso: mucho cariño y agradecimiento, pero nada más.

Raúl pregunta

—¿No cambiarás de forma de pensar?

Ana guarda silencio un momento, habla con voz tranquila y firme:

—Te quiero, sólo que no con pasión. Discúlpame si no son las palabras que deseas escuchar, pero es mejor ser sincera que mentir. ¿No lo crees?

El muchacho detiene su andar. De frente a Ana coloca sus dos brazos sobre los hombros de ella; la acerca hacia él, quien busca sus labios. Ambos se besan. Después él comenta:

—Siento escuchar tus palabras, lo prudente que debo hacer, y vaya que lo he pensado, es alejarme de tu vida, pero... no puedo.... saber que no te veré más.

Ana inmediatamente contesta:

—Sí me verás. Continuaremos trabajando en la misma empresa. ¿No es así?

—No me refiero a ese tipo de reunión, quiero decir que no estaremos como en este momento: no podré abrazarte o besarte, ni conversar de temas sólo de nosotros.

—¿Estás insinuando que quieres cortar la relación? ¿Dejarme?

Él, cabizbajo, comenta:

—No me quieres como yo te quiero. Te amo, Ana, estoy loco por ti.

—¿Me amas?

—Sí, te amo, te lo he demostrado no en una, en muchas ocasiones.

—¿Amor u obsesión?

—Amor, amor. ¿Por qué crees que puede ser obsesión?

—Porque cada vez que te digo mi sentir tratas de demostrarme con más entusiasmo tu amor por mí.

—Es como tú misma lo estás diciendo: para que veas con hechos que soy capaz de hacer todo lo posible y hasta lo imposible por ti.

—No se trata de hacer ni de demostrar; se trata de sentir... Sentir un lazo de unión entre los dos, de estar perfectamente compaginados.

—Y... ¿no lo estamos?

—No.

—No lo sabes aún.

—Sí lo sé, por eso te lo estoy diciendo. No deseo hacer compa-
raciones entre tú y el padre de mi hijo, sólo que mi sentir es... es
diferente.

El muchacho, haciendo cara de puchero, agrega:

—No me dejas ni una poquita de duda, ni siquiera para salvar
mi dignidad.

Al ver la cara tan graciosa de él, Ana suelta una carcajada:

—¡Ja, ja, ja, ja! —Raúl escucha la risa cálida y fresca por respuesta, ella agrega—: No te alejes de mí. No te amo, no por el momento,
pero tal vez...

Raúl corta con otro beso el comentario de ella.

—Me complace escuchar tus palabras. Por ahora, para mí es
suficiente.

Los días subsecuentes pasan rápido, días que se convierten en
uno, dos, tres, cuatro meses hasta llegar a un año. Ana y Raúl
pasan juntos cada momento libre; él ya es indispensable en la
vida de Ana y Emilio. Los tres esperan cada sábado por la tarde
y los domingos para realizar actividades propias de familia: salen a pasear por los parques cercanos, comen helados, se sientan
en el pasto, ven jugar a los niños. Emilio siempre quiere subir
a la resbaladilla; los primeros días, el pequeño no lograba llegar
hasta el último escalón, pero, gracias a la ayuda de Raúl, ahora
disfruta mucho deslizarse por el vaivén del juego, a cuyo final el
muchacho ya lo está esperando; ahí Emilio le extiende sus brazos.
Sin más de su boquita sale una sola palabra, palabra que lleva el
peso del mundo, que abre el corazón hasta del más insensible de
los hombres: "¡Papá!". Raúl, al escuchar, lo toma en sus brazos,
lo abraza, lo llena de besos. Ana está un poco retirada, sentada
en una banca; no alcanza a oír, por lo que al ver lo que Raúl hace
corre al lado de los dos y pregunta angustiada:

—¿Qué pasó? ¿Emilio se encuentra bien? ¿Le sucede algo?

Raúl, con los ojos llorosos y la voz entrecortada por la emoción, responde con el niño entre sus brazos:

—Emilio está bien.

Ana nuevamente pregunta:

—Entonces, ¿qué pasa?

—Tu hijo… acaba de llamarme papá.

—¿Qué? ¿Cómo es posible? ¿Dónde la aprendió?

—No lo sé. —Raúl continúa abrazando con una mano al niño; con la otra acerca a Ana lo más próxima a él, y con lágrimas en los ojos dice:

—Ana, cásate conmigo; no lo pienses más. Emilio me necesita, tú también me necesitas. Todo este tiempo has luchado sola, permite que sea yo quien me preocupe por que los tres estemos bien.

La muchacha no se separa, deja que él continúe abrazándolos. El niño es quien comienza a moverse manifestando la incomodidad que siente, por lo que la muchacha se separa un poco y mira directamente a los ojos de Raúl, quiere encontrar dentro de ellos la respuesta que su corazón y su mente no saben ahora. Está sumamente confundida. Deja pasar unos segundos. Suspira muy profundamente y concluye:

—Está bien. Acepto casarme contigo.

Raúl baja de sus brazos a Emilio, lo deja a un lado de sus piernas; necesita tener ambas manos libres para poder abrazarla y darle un beso rápido a Ana. En se momento declara:

—Te quiero, te quiero. No te arrepentirás de la decisión que acabas de tomar.

Después de varios días, los dos puntualizan el lugar y fecha en que celebrarán la ceremonia civil. No habrá boda religiosa, a petición de Ana; ella no desea recordar aquella tarde cuando se negó el derecho a iniciar una vida feliz al lado del ser que más ha amado en la vida.

Los días pasan volando entre visitas a las sastrerías más conocidas y de gran renombre en la ciudad, como también las casas de modas, zapaterías y accesorios. Por fin llega el momento tan esperado por Raúl. Los dos acordaron que el matrimonio se llevara a cabo en la oficina del Registro Civil del lugar donde vive Ana.

El día esperado, cada uno arriba por separado quince minutos antes de la hora acordada. Ella usa un vestido hasta la rodilla color hueso de encaje, lleva un collar de cuentas redondas doradas, al igual que los aretes y un ajustado cinturón; en su mano derecha, una pulsera y un anillo con una piedra cristalina. Las zapatillas son cerradas y del mismo color del atuendo, de un tacón de siete centímetros de altura. El maquillaje es muy tenue. Para acentuar el color de sus ojos, lleva un delineador café. Sobre sus labios rosa, un ligero toque de brillo. La noche anterior, una vez seco el cabello, usó rizadores que en la mañana quitó uno por uno; sólo con sus dedos lo acomodó de tal manera que le dio vida, volumen, enmarcando aún más la belleza de su rostro.

Él porta un traje azul marino, camisa rosa pálido con delgadísimas líneas azul marino, zapatos mocasines negros. Su cabello está bien peinado. Raúl puso en su cuello un varonil y agradable perfume. No puede dejar de ver a la que en unos minutos será su esposa. Primero se queda mudo, boquiabierto, sin decir una sola palabra. Luego sólo atina a decir:

—Hola. Estás bellísima.

Ana lo escucha, no sabe qué contestar, sólo sonríe. Los dos acordaron que no los acompañaría ningún familiar. En la oficina están dos secretarias, el juez, Raúl y Ana. La ceremonia civil se realiza sin ningún contratiempo. El juez, de pie, atrás de su escritorio, comienza a hablar, aunque los dos contrayentes no escuchan palabra alguna de lo que se dice. Ana todavía duda, no sabe si unirse en matrimonio con Raúl es lo correcto. Él, por su parte, piensa que casarse es lo más fantástico que le está sucediendo. Ambos deambulan con la mente en otro lado y no escuchan las palabras del juez, quien tiene que repetirlas nuevamente:

—Señor Raúl Carrasco, ¿es su libre decisión unirse en matrimonio con la señorita Ana Castillo?

Raúl contesta:

—Sí, acepto.

—Señorita Ana Castillo, ¿es su libre decisión unirse en matrimonio con el señor Ricardo Carrasco?

Ana titubea un segundo; en su mente reviven recuerdos de una fallida ceremonia religiosa. Venciendo su trauma de años atrás, titubeante dice:

—Sí…, sí… Acepto.

El Juez sella:

—Entonces firmen aquí, por favor, arriba de la línea punteada, donde están sus nombres. —Señala un documento que tiene sobre el escritorio la contrayente, quien busca su nombre. Una de las secretarias se acerca, le da a Ana una pluma plateada con tinta azul; esta se inclina, firma el acta matrimonial, luego le da la pluma a Raúl, quien se acerca a buscar el lugar adecuado agregando su firma. El Juez les dice a los dos—: El matrimonio es una institución; ha quedado asentado en el registro que ambos forman parte de ella. Muchachos, los felicito, desde ahora en adelante ya no son individuos, sino un matrimonio que depende de dos. Puede besar a la novia.

Con las palabras anteriores, el licenciado da por terminada la breve ceremonia e invita a salir de la oficina al nuevo matrimonio. Antes de abandonarla, Raúl se acerca a su ahora esposa, le da un beso en la mejilla; Ana hace lo mismo. Con ese leve detalle ambos comienzan su vida familiar, como si un beso tan tenue fuera augurio de la vida que de ahora en adelante los dos tienen que compartir: vida sin lazos fuertes, sin raíces profundas, que tarde o temprano, al igual que los arbustos y árboles que no tienen cimientos suficientemente insondables, caen por los vientos, la lluvia o el destino.

Ninguno sabe lo que le depara la vida. Salen del despacho con una sonrisa en la cara y una incertidumbre en el corazón. Raúl está feliz por todos los acontecimientos que él, de alguna manera, ha contribuido a que se resuelvan de forma satisfactoria, por qué no, para tener una familia en todo el sentido de la palabra: una esposa joven, guapa y muy talentosa; un hijo al que, si bien no es biológico, sí ha visto desde el día de su nacimiento, y que será parte de él, al que le proveerá lo necesario, lo que todo hijo espera, necesita y tiene derecho; al cual nunca le faltará cariño, comprensión, un hogar, hogar que entre todos comenzaron a formar.

Los esposos, en común acuerdo, determinan vivir en el departamento de ella. Ana solicitará permiso de un año completo en la oficina para dedicarse al cuidado del niño realizando además las actividades propias del hogar. Ella se adapta rápidamente y hace lo que comúnmente las mujeres en casa llevan a cabo: actividades diarias, se levanta temprano para preparar el desayuno para los tres; una vez que Raúl se marcha, como a eso de las siete quince o siete treinta de la mañana, si su hijo no se ha despertado aún, se vuelve a dormir otro rato; luego, a las nueve o nueve y media, Emilio despierta, Ana lo viste, lava sus manos para llevarlo a la cocina, lo sienta en la silla para bebes; calienta el desayuno para los dos: no hay dieta especial para el niño, lo que prepara para desayuno, comida o cena es para los tres; eso le ahorra tiempo, lo que aprovecha para realizar otras actividades como lavar los platos, limpiar el piso, etc. En fin, si Mario o alguien de cualquiera de las dos familias la vieran, no podría creer que ella, con el entusiasmo con el que había continuado estudiando y trabajando, ahora fuera, ni más ni menos, que la SEÑORA de CARRASCO, que cumplía las actividades de toda mujer hogareña.

En Alemania, Mario y Natally, después de muchas salidas, unas veces a escondidas, otras acompañados del padre de ella como chaperón, deciden unir sus vidas en matrimonio. El profesor accede a que los muchachos se casen; algo inesperado para él, quien no acepta del todo esa relación, pues cree que los dos jóvenes se están precipitando. Natally es la que ha insistido, lógicamente al padre no le queda más que aceptar tal decisión. El profesor es viudo desde que su hija era una bebé; desde entonces la cuida como el tesoro más preciado de su existencia. Aunque a veces exagera en la atención, lo hace con el fin de brindarle todo lo que la muchacha necesita. A Natally no le agrada que su padre sea quien le acompaña a buscar los accesorios para la boda: el vestido, el traje de noche, todo el guardarropa, incluso es el padre de ella quien sugiere a las damas de honor, a los invitados, en fin, todo lo que se relacione con la fiesta. Él está al pendiente de los mínimos detalles. Parece increíble, pero se le ve en todas partes: supervisa el ensayo de los músicos, la hechura del pastel, la preparación de la cena. Pareciera que se ha dividido en varias personas logrando estar en todas partes.

Mario, por su parte, había seguido con sus progenitores en Guadalajara. Nunca les ha ocultado nada, por lo que desde hace tiempo saben de la presencia de Natally en su vida; han seguido de cerca todo lo que le acontece al muchacho, contado por él mismo. Cuando finalmente Mario les comunica la decisión de casarse, ellos no dudan en animarlo a que lo intente otra vez, saben que él se merece otra oportunidad, y él la está tomando aunque sea con alguien que no vive ni siquiera en el continente.

Mario está en su departamento, suena el despertador; es sábado por la madrugada. Si bien todo a su alrededor está en silencio, el muchacho extiende una mano para apagar el aparato. Se levanta.

Enciende la lámpara que está sobre la mesita de noche. Los ojos le pesan de sueño. Pasa las manos por ellos para quitarse la pesadez un poco; bosteza y verifica que la hora del reloj sea la indicada para llamar por teléfono a sus padres en México. Toma el teléfono, marca un número puesto en la memoria desde el día en que llegó a tierras teutonas y aguarda unos momentos mientras se escucha la marcación

—Hola, papá, ¿cómo están?

—Bien, gracias, hijo, y tú, ¿estás preparado para dar el paso decisivo?

—Sí, padre, lo voy a volver a intentar, espero que en esta ocasión todo salga según lo planeado.

—Te lo mereces. Sabes que tu madre, tus hermanos y yo siempre te apoyamos. No es justo que estés solo, tanto trabajo y esfuerzo, para que nadie esté a tu lado.

—Eso va a cambiar de ahora en adelante.

—Así lo pensamos también. ¿Hay algo en que pueda ayudarte?

—No, sólo hablo para verificar s ya recibieron los boletos de avión.

—Sí, los recibimos el viernes por la tarde.

—Entonces, por acá los veo en unos días. Tal vez no pueda volver a llamarlos, por eso necesito saber si no hay ningún contratiempo.

—No, hijo, todo está bien. Entonces, si no hay nada más que decir, te dejo, para que sigas durmiendo otro rato.

—Está bien, papá, entonces hasta luego.

—Adiós, Mario. Que Dios te bendiga, hijo.

—Gracias. Adiós, papá.

Una vez terminada la llamada, el muchacho se introduce otra vez dentro de la cama y apaga la tenue luz que le brinda la lámpara; tras ello, cierra los ojos. En cuanto empieza a dormir, comienza también a tener sueños no muy placenteros: "¡No te vayas, no te alejes!". Mario ve a un niño que le grita aferrándose a sus pies; él intenta quitárselo, caminar, pero no logra dar paso; repentinamente, el niño crece, crece y crece hasta convertirse en un monstruo que lo acecha. Mario trata de correr. Sólo logra caerse. El ahora monstruo se le echa encima, sofocándolo. El muchacho comienza a sudar, gotas frías se forman en su frente, resbalan por sus sienes; intenta gritar, sólo sonidos guturales logran salir de su garganta: "¡Dé... j... a... me! ¡Suél... t... a... mmme! ¡No! ¡Nooo! ¡N... o! ¡No puedo respirar! ¡Aah!". Mario por fin logra abrir los ojos. Comprueba que todo es un mal sueño. Se toca la frente, sus dedos y la palma de sus manos están empapados de sudor. Con desagrado aleja las mantas que cubren su cuerpo. Se levanta, llega a la ventana, corre de un tirón la cuerda que abre las pesadas cortinas. La luz del sol le llega de sorpresa a los ojos, los lastima, por lo que los cierra acertadamente por unos segundos y los cubre con la mano mientras sus pupilas se acostumbran a los rayos del astro rey. Después habla para sí: "¡Maldito clima, de seguro se me olvidó encender el aire acondicionado otra vez!". Se aleja de la ventana, se dirige al aparato que en esos días de verano le proporciona la comodidad de no sentir demasiado calor, que, aunque no es muy sofocante como en algunas áreas áridas o desérticas de otros lugares, sí causa algunas molestias de vez en cuando. Al checar comprueba que todo está funcionando correctamente y piensa: "El sueño que tuve provocó que sintiera un calor endemoniado. Ja, qué curioso, porque no recuerdo haber tenido pesadillas en mucho tiempo. Esta fue una de ellas".

Cierto domingo, los jóvenes enamorados pasan todo el día juntos. Por la mañana se encuentran en una pintoresca cafetería del centro de la ciudad para desayunar; los dos usan pantalones de mezclilla, playeras *sports* y zapatos cómodos. Luego van al parque y caminan un rato. Se sientan en una banca; disfrutan el paisaje charlando de temas sin importancia. Más tarde buscan la sombra de un árbol. Se recuestan en el pasto verde y dejan que las horas pasen viendo el azul del cielo, Natally se apoya en el hombro izquierdo de Mario, donde comienza a dormitar; él le acaricia la mejilla, voltea su cara, le besa la frente. Al llegar la tarde suben a uno de los botes que se alquilan a la orilla del lago, ambos reman, uno al lado del otro; avanzan poco, se detienen para verse mutuamente Él habla primero:

—¿Estás disfrutando el paseo?

—Sí. ¿Por qué preguntas?

—Para no olvidarlo y programar salidas como estas lo más que pueda cuando estemos casados.

—Salidas... ¿como esta? Cuando estemos casados lo menos que voy a querer es salir.

—Eres una pilla.

—¿Por qué? ¿Por querer disfrutar a mi marido?

—Mmm. Creo que tienes razón, cuando pase la ilusión de la novedad del sexo, debemos programar salidas como esta de vez en cuando. ¿No crees?

—Lo tomaré en cuenta. Llegado el momento veremos. Por lo pronto, vamos a pasar bien el resto de la tarde.

—Sí, acabo de recordar que no te gusta planear nada.

—Así es. Te mencioné que los planes la mayoría de las veces se vienen abajo. Las circunstancias cambian, no hay seguridad de nada.

—Vas a cambiar de forma de pensar, con el tiempo y los dos juntos, la vida la vas a ver de diferente manera.

—¡Alto! ¡Detente! ¡Ya estás hablando como mi papá! —Natally se inclina hasta alcanzar el agua, toma un poco de ella con una de sus manos, la arroja a Mario—: ¡Ja, ja, ja, ja, ja! —se ríe ella estruendosamente, cual niña después de haber hecho la mayor travesura del día. Mario pone cara de serio un instante, después sube y baja una de las cejas, lo que hace que Natally ría más; luego la toma por los hombros, coloca su frente junto a la de ella, comienza a besarla, primero tiernamente; el beso pasa a otra intensidad, ella responde de igual manera. Él la separa y dice:

—Te prometo que voy a hacer lo posible para que no te arrepientas de casarte conmigo.

Ella agrega:

—Te prometo que voy a poner los pies en la tierra; con tu ayuda, aprenderé a comportarme como una mujer, no como una niña. Te amaré por toda la eternidad. —Tal vez sí, tal vez no. —Mario rompe la seriedad del momento y comienza a hacerle cosquillas en la cintura. Es tal el ajetreo que los dos caen al lago que apenas tiene un metro y medio de profundidad. Nadan hacia la orilla; una vez allí, se recuestan en el pasto húmedo. Su travesura no la pueden disimular, la gente que está a su alrededor los ve como si fueran bichos raros. Ellos no paran de reír.

La ceremonia religiosa de la unión de Mario y Natally se celebra sin ningún contratiempo; la parroquia, adornos y demás fueron seleccionados minuciosamente por el profesor Shneider; por lo tanto, a gusto de él. Los padres y hermana de Mario estuvieron presente. Después van a la recepción donde llevan a cabo el matrimonio civil. Para sorpresa de Mario, aparece un mariachi que interpreta, para alegría del muchacho y sorpresa de la mayoría de la asistencia, música típica mexicana; el espectáculo dura una hora, en la cual los músicos hacen gala de sus dotes histriónicas, deleitando a la audiencia y, como era de esperarse, al ego del profesor. Aunque son muy pocos los familiares y conocidos cercanos, se puede contar a más de un centenar de amigos y gente que ha sido invitada por autorización del padre de la muchacha. Mario se acerca a su padre comentando.

—Gracias, papá; jamás se me ocurrió traer a un mariachi aquí, el día de mi boda.

El señor Villanueva, sorprendido, contesta:

—No, Mario, no fui yo.

—Entonces, ¿a quién le doy las gracias?

—¿No se te ha ocurrido que tal vez fue idea de tu suegro, o quizá de tu ahora esposa?

—No, la verdad no había pensado muy bien de quién haya sido la idea. ¿Se están divirtiendo, papá?

—Mucho, hijo.

Mario se dirige a su madre, se sienta a su lado; le da un beso y menciona:

—¿Qué tal la estás pasando, mamá?

Ella lo abraza, lo besa, se le llenan los ojos de lágrimas, le cuesta trabajo hablar; después de unos segundos, deja que la emoción pase y dice:

—Antes que nada, felicidades, hijo, espero que este sea el primero de muchos días de felicidad, de alegría; te deseo lo mejor para ti y tu esposa.

—Gracias, mamá. —El muchacho está igual de emocionado que su madre. Los dos se abrazan. Juntos lloran de alegría. Luego de unos segundos de sentimentalismo, él retoma la palabra—: Qué bueno que estén ustedes aquí para acompañarme en estos momentos. —Pasa la mirada por las mesas de gente cercana y pregunta—: ¿Dónde está mi hermana? Hace un buen rato que no la veo. Su padre contesta:

—Está por ahí, bailando con alguien que le presentó tu esposa; a pesar de saber muy poco este idioma, eso no impidió que baile; ella dijo que iba a bailar, no a conversar.

Mario busca con la mirada otra vez, ahora con más detenimiento, logra verla entre la gente; por el momento no sabe quién es la persona con la que se encuentra, así que agrega:

—Entonces, la veo en un rato. Nos vemos después, mamá, papá.

Los padres del muchacho contestan:

—Adiós, hijo. Te vemos más tarde, Mario.

No está de más decir que la fiesta se lleva a cabo como los padres de ambos jóvenes lo esperan; no hay contratiempos, la velada pasa entre brindis con los familiares cercanos, bailes con conocidos, charlas cortas con todo el mundo.

—¿A dónde dices que se van de luna de miel, Mario? —cuestiona un compañero de la academia.

—A México. Natally nunca ha estado allá. La verdad yo también tengo ganas de visitar a mis familiares, comer con los viejos amigos; hace mucho que no nos vemos. —¿Cuánto tiempo estarán por tierra azteca? Así se dice, ¿verdad? —Es Alice la que cuestiona, otra de las muchas compañeras de la academia.

—Sí, correctamente. Estaremos allá tal vez dos semanas —responde el novio, ahora recién esposo.

Continúa la conversación, la velada también. Los buenos deseos hacia una nueva vida en todo momento se hacen saber.

Después de estar dos días en el hotel, los novios van a sus respectivos hogares para hacer su equipaje. A las dos de la tarde de ese día, ellos y los padres de Mario viajan a la tierra natal de la familia. El profesor Shneider acompaña a su hija hasta el último momento, la abraza, la besa como si fuese un bebé, no la quiere soltar; hubo necesidad de que Natally empleara un poco de fuerza para que se librase de los brazos de su padre, quien le dice al oído:

—Cuídate, hija, te hablaré todos los días.

Es un viaje de largas horas. Natally y Mario conversan unos ratos. Los padres de él están a unos asientos atrás; entre pláticas, recuerdos de la infancia y chistes pasan la mayor parte del tiempo. Finalmente, a la mayoría de los pasajeros les vence el sueño.

—¡Al fin en casa! —expresa con alegría la hermana de Mario al escuchar por el altavoz las instrucciones de la asistente de vuelo. Una vez que pasan los trámites de la aduana y recogen los equipajes, la familia sale a buscar el automóvil que la compañía amablemente les ha proporcionado, no solamente como a un ejecutivo más, sino como a un amigo. Los días siguientes pasan entre visitas, paseos a lugares turísticos, museos, discotecas, largas charlas con amigos cercanos en restaurantes típicos y cafeterías en diversos puntos de la ciudad y del estado.

¿Te has divertido, amor? —pregunta Mario a Natally, después de un día de ajetreo. Mientras ella toma un baño, él comienza a quitarse la ropa; una vez desnudo, recorre la cortina de plástico transparente, entra a la ducha, se coloca detrás de la bella joven, toma una de las esponjas; del jabón líquido para el cuerpo vacía unas gotas sobre la superficie porosa: se despide un aroma agradable a flores silvestres y la esponja se llena rápidamente de la espuma; con ella comienza a enjabonar, a recorrer la hermosa espalda de su querida esposa.

—¡Sí! —manifiesta ella inmediatamente sin dudarlo; su voz alegre denota felicidad; sus ojos tienen ahora un brillo especial.

—¡Jamás pensé que tu país fuera tan hermoso! Los colores de las plantas y árboles son muy brillantes. ¡Tu gente es muy amigable! ¡Qué alegres! ¡Todos los días están de fiesta! —la joven recién casada no para de hacer comentarios halagadores.

—Me da gusto escucharte hablar de esa manera. Qué bueno saber que nuestra luna de miel esté resultando placentera para ti.

Al escuchar estas palabras, Natally deja de enjuagarse el cabello, voltea lentamente hasta quedar frente a su esposo; con su mano detiene la de él impidiendo que continúe el masaje agradable que estaba recibiendo en la espalda. Lo observa unos instantes y dice con voz pausada:

—Noto algo en tus palabras. No sé qué es. ¿Acaso tú no estás disfrutando como yo de estos días tan maravillosos?

—¡Por supuesto que sí! —es la respuesta de él.

Natally vuelve a verlo directamente a los ojos; continúa preguntando:

—De verdad, ¿sientes lo mismo que yo o sólo lo dices para complacerme?

—No entiendo a qué vienen tus preguntas. Me has visto disfrutar cada momento —es la respuesta de él.

Ella vuelve a cuestionar:

—¿Me amas realmente?

—¿Por qué lo dudas? —dice Mario, colocando la esponja en el contenedor cromado.

—Los primeros días, cuando te conocí, tu mirada tenía una sensación de tristeza, de nostalgia, de melancolía; no precisamente por estar lejos de tu país o de tu familia…

—Es una larga historia. Ahora no es un momento prudente para hablar de ello, ¿Está bien?

—De acuerdo, por hoy no preguntaré más. Quiero saber todo lo referente a ti, no me refiero a tus gustos o pasatiempos —recalca la joven mujer.

—Sé a lo que te refieres, pero no quiero hablar de ello, no en este momento; no echemos a perder lo maravilloso de estar juntos. ¿De acuerdo? —recalca Mario y diciendo estas palabras toma entre sus manos la cara empapada de su mujer; acerca su rostro al de ella, observa esos ojos azules profundamente, besa sus labios con ternura.

Luego de convivir con familiares y amigos durante varios días, de visitar lugares desconocidos para la joven esposa, Mario y Natally deciden descansar: pasan las últimas horas de su viaje en casa de los padres de él. Son las nueve de la mañana, el señor y la señora Villanueva, los recién casados, están desayunando. El comedor luce impecable. Sobre la mesa de caoba de estilo tradicional hay vasos de cristal con jugo de naranja, platos con huevos revueltos y jamón, frijoles bien refritos; a un lado, pan tostado con mermelada. En otros platos más pequeños, deliciosos trozos de varias frutas, yogur y cereal.

Natally se comunica como puede en español; practica las expresiones conocidas con la señora Mago. Todos están en plena charla cuando suena el teléfono. La muchacha que ayuda con los quehaceres de la casa toma la llamada:

—Joven Mario, es para usted. Un momento, por favor —deja el auricular sobre la mesita y se retira a continuar con sus labores.

Mario toma la servilleta blanca bordada con hilo dorado, se la lleva a la boca para retirar los restos de comida o grasa que pudiera tener en la comisura de los labios; con ambas manos hace unos centímetros atrás la silla donde está sentado, se levanta, camina unos pasos para alcanzar el teléfono, contesta:

—Buenos días. Sí... Espera... Ajá. Bueno. Ok... Sí... Entonces salgo mañana temprano para allá. Oye, qué bien, me parece perfecto. Sí, sí; a las ocho de la mañana en punto. Sí. Adiós. —Cuelga, regresando al lugar asignado para continuar degustando los bocados del desayuno que tiene enfrente que, aunque son sencillos, en la compañía de sus familiares más queridos, sus papás y su esposa, a él le saben deliciosos—: Acabo de recibir buenas y malas noticias —dice el recién casado.

—¿Qué pasa? —pregunta el padre de él.

—Sí, hijo, ¿qué sucede? —cuestiona la madre.

Mario comienza a esbozar una sonrisa pícara; en sus ojos aparece un brillo conocido por su madre, que hacía mucho tiempo no veía. Todos los comensales dejan por un momento los alimentos y ponen atención a lo que Mario va a decir:

—Primero, la mala noticia: mañana, muy temprano, como lo saben, Natally y yo tendremos que partir. La buena noticia es... que vamos a viajar a Ciudad de México; estaremos ahí el resto de la semana, porque antes de regresar a Alemania, los señores Roland y Campos necesitan que les solucione unos detalles que se presentaron. Como no viajo solo, entonces puedo llevar a mi esposa conmigo.

—¡Qué bien! —aclama el padre.

—¡Eso es fabuloso! —termina diciendo la madre agregando—; Por las tardes podrán visitar lugares turísticos, ¿verdad?

—Sí, la llevaré a que vea el Palacio de Bellas Artes. Si tenemos suerte, entraremos a ver una buena obra de teatro. Otro día subiremos al último piso de la Torre Latinoamericana, a ver desde lo alto la ciudad. También iremos al Museo de Antropología e Historia, al Castillo de Chapultepec ,etc.

—Me parece una buena idea —comenta la señora Mago.

En Ciudad de México, después de hospedarse en un hotel cerca del centro, Mario realiza por las mañanas las actividades solicitadas por sus superiores. A partir de las seis o seis treinta de la tarde, Natally y él se dedican a pasear por el centro de la gran metrópoli, para que ella conozca un poquito de las raíces de su amado esposo. En cada lugar que se presentan siempre hay algo fascinante que a la joven alemana le llama mucho la atención, pero lo que la tiene realmente asombrada es la cultura prehispánica: no se cansa de admirar los edificios hechos de piedra, las columnas, los grabados que aún se conservan en la Plaza de las Tres Culturas y en la Plaza Mayor, en el zócalo.

—Mañana temprano vuelvo a venir, me fascina ver las pirámides hechas de piedra. —Está bien, querida, me hablas cuando salgas.

—Planeo salir temprano y desayunar en algún restaurante cercano.

—Muy bien, entonces, buenas noches.

—Buenas noches, amor.

Son las siete y media de la mañana; el timbre del teléfono suena. A solicitud de Mario, él es el primero en levantarse; de un tirón se quita las sábanas que lo cubren, se incorpora, va al baño, comienza a ducharse mientras Natally se cubre totalmente la cara con las sábanas aún tibias, dejando pasar los minutos.

—¡Arriba, floja! —su esposo le dice mientras le descubre la cara.

—Otro ratito —menciona ella.

—De acuerdo. Me voy. Me llamas a la hora que vayas a salir —dice él.

—Sí —es todo lo que ella contesta. Con los ojos cerrados da vuelta sobre su lado derecho y vuelve a dormir.

Mario, totalmente vestido, se inclina y descubre el rostro de la muchacha; entonces le da un beso en la mejilla. Luego se retira del lugar, toma su portafolio, abre la puerta de la habitación, cierra con movimientos tranquilos para no hacer ruido permitiendo que su esposa duerma otro rato.

—¡Guau! Son la diez de la mañana —dice Natally en voz alta, saltando de la cama; corre al baño, se ducha rápidamente. Más tranquila sale con la bata puesta con una toalla enredada en la cabeza; se pone unos *jeans*, una blusa rosa tenue. En Guadalajara compró varios pares de huaraches artesanales de piel de diversos colores y hechura; el día de hoy le apetecen los blancos, los abrocha. Se ve al espejo, peina su corto cabello pelirrojo. Abre el protector solar y pone una generosa cantidad en la palma de las manos para distribuirla en los brazos, antebrazos y cara. Busca en su bolso de mano las gafas oscuras, cubre con ellas sus grandes ojos azules. Camina a la puerta, sale de la habitación, recorre el pasillo que la separa de la entrada principal del hotel. Abre la puerta de cristal e inmediatamente escucha el bullicio de los autos, la gente que viene y va por la avenida. Sale, comienza a caminar, a disfrutar de las maravillas que la capital mexicana proporciona al visitante. Llega nuevamente a la Plaza de las Tres Culturas: "Qué belleza, la he visto en días anteriores y aun así no deja de impresionarme; quiero guardar en mi mente, además de la cámara del celular, los detalles de cada piedra, la unión de los ladrillos en contraste con las construcciones modernas, el conjunto de todo es una bella vista de lo antiguo, lo colonial y lo más reciente".

Natally camina admirando la ciudad, una ciudad que pronto quedará en sus recuerdos: no sabe si pronto volverá a estar allí. Está absorta en tomar el mejor ángulo de un edificio. De espaldas se va alejando, y no se percata de que está muy cerca del arroyo vial; súbitamente escucha el chirriar de las llantas de un auto; voltea. Del lado de donde proviene el ruido, como en cámara lenta, observa que la unidad se le viene encima. Ella no se mueve, no grita, sólo cierra los ojos…; siente un dolor agudo en todo su cuerpo, luego… nada.

—¡De prisa! —Entre sueños, Natally escucha, pero otra vez pierde el conocimiento. Han pasado tres días. Ella abre los ojos, los vuelve a cerrar, siente los párpados pesados. Entre sueños imagina ver a Mario sentado a un costado suyo, pero no, no puede ser.

—Hola, amor —murmura él. Ella apenas alcanza a escucharlo. Natally pretende articular algunas palabras, abre la boca e intenta contestar el saludo; sus cuerdas bucales no responden—: No, no intentes hablar —él vuelve a murmurar.

—¿Cómo está la paciente? —pregunta un doctor que entra en ese momento.

Mario contesta:

—Hace unos momentos abrió los ojos, los volvió a cerrar.

—Muy bien, veamos… —El médico revisa el pulso, los latidos del corazón, la respiración, con el estetoscopio; con la lamparita de mano pasa la luz sobre la retina derecha, luego la izquierda. Después de hacer la revisión, comenta—: Señor, vamos lentos, pero por buen camino. —Sonríe el médico.

Mario es ahora quien pregunta:

—¿Cuándo estará bien?

—En unos dos días, por la mañana le quitarán el suero; más tarde, si está despierta le traerán el desayuno. Sin decir más el doctor sale de la habitación. Mario siente la vibración de su celular, sale fuera tomando la llamada en el pasillo—: Sí, profesor Shneider, Natally está bien, sí, mañana por la mañana. No creo que podamos viajar inmediatamente. Le preguntaré al doctor. Sí. Gracia. Adiós.

CAPÍTULO 6

La habitación donde está Natally es la última de esa sección en la planta baja. Mario queda de frente a una amplia ventana por donde alcanza a ver a los transeúntes que caminan por la avenida. Para llegar a la calle hay de por medio unos cuantos metros de jardines. El pasto verde es el marco perfecto para los rosales de diversos colores que están plantados a todo lo largo del hospital. Pensativo, fija su vista en un punto de la calle; observa el ir y venir de los autos, el caminar presuroso de la gente que pasa de una avenida a otra. Súbitamente, sus ojos se abren, no puede creer lo que sus pupilas y cerebro observan, su respiración se entrecorta, los latidos del corazón aumentan, tiene nuevamente la sensación de mariposas en el estómago, como cuando por primera vez besó a...

—¡¡¡Ana!!! ¡No puede ser! ¡Sí, es ella, es ella! —Sin pensarlo dos veces, él comienza a correr. Sus pisadas pueden escucharse en varios puntos dentro del hospital, lo que hace que las enfermeras asomen sus cabezas para verificar lo que sucede. La distancia que los separa parece ser demasiada. Las zancadas que sus piernas dan simulan ser las de un atleta de maratón. Llegando por fin a la entrada principal del sanatorio, busca con la mirada la silueta que por tantos y tantos meses ha tenido guardada en su mente dentro de lo más profundo de su corazón. A simple vista no logra distinguirla entre la gente que camina por la calle. Baja la mirada, busca un lugar donde pueda subirse. A unos metros divisa un enorme macetero de piedra lleno de florecitas rojas; instintivamente sube a uno de los bordes, desde allí reinicia la búsqueda, sigue con la mirada a cada uno de los caminantes: primero, a los más cercanos; paulatinamente va alejando su vista hasta que localiza la silueta de la mujer amada. Da un salto, baja de golpe el gran peldaño donde estaba, reiniciando otra vez su desmesurada carrera, como si de ella dependiera su vida... Cincuenta... Treinta... Cinco metros... Ella da vuelta en una esquina.

—¡Ana! —grita él antes de perderla de vista. Ella detiene su andar de golpe. Al escuchar el tono de voz tan conocido, de su mano derecha resbala una bolsa de piel negra sin fuerza que la sostenga.

"¡No... puede... ser!". La mujer queda petrificada. Intenta decir algo, pero de su boca no sale ningún sonido. Queda de espaldas al hombre, que se aproxima con mucha rapidez. Mario llega segundos después. Ella siente sobre sus hombros las manos varoniles que hacía mucho tiempo atrás la hicieron vibrar de emoción, de placer; había olvidado la calidez que transmitían. El roce de esas manos la transporta instantáneamente al pasado; en su memoria aparecen las imágenes del día en que se conocieron: él salía de una librería, en el centro de la ciudad; ella caminaba viendo los escaparates, pues la ropa de la nueva temporada había llamado su atención. De pronto, un muchacho vestido con pantalones de mezclilla y playera *sport* blanca sale de la tienda, tropezando golpea la mano de ella, de donde sale volando una bolsa de plástico que cae sobre los hombros de Ana:

—¡Ay! —grita ella, con un rictus de dolor en su cara.

—Disculpe, no fue mi intención.

—No se preocupe, no creo que el golpe sea para tanto —agrega ella mientras pasa su mano por su hombro lastimado verificando que no sea de gravedad.

Mario se percata de la belleza de la joven hasta ese momento; su perfume agradable, ligero hace que la vea fijamente a los ojos;

observa su cara, sus cejas, su cabello, su cuello, toda ella es simplemente perfecta. Él pregunta para continuar con la conversación:

—¿Te das cuenta de que yo no tuve la culpa?

—Uhmm, realmente no, pero no tiene importancia.

—Claro que sí la tiene; no soy capaz de ser grosero con una dama.

—¿Y qué pretendes hacer para solucionarlo?

—¿Qué tal una taza de café?

—¿Ahora?

—¿Por qué no?

—¿Tienes algún compromiso en este momento?

—No, quedé de verme con una amiga nada más.

—¿Amiga o amigo?

—¿Hay alguna diferencia?

—Eso no depende de mí, dime tú.

Ana lo mira. El muchacho es atractivo a sus ojos. Desviando su atención observa a los transeúntes, voltea de un lado para otro; no muy convincente, agrega:

—Espero no arrepentirme de lo que voy a hacer. ¿Eres algún sicópata?

Ana vuelve a la realidad al escuchar su nombre nuevamente.

—¡Ana! ¡Ana!

Al sentir que él presiona un poco sus hombros haciéndola girar suavemente hasta quedar frente a frente, ella levanta la vista, mira con detenimiento cada milímetro del rostro del hombre amado, deteniéndose en los ojos que tantas veces besó, en los ojos que tantas veces se vio y que no ha olvidado.

Ambos se quedan sin palabras, sólo se observan, se miran uno a otro como si fuese la primera vez. Tratan de escudriñar en lo más profundo de sus miradas, como si intentaran que sus pupilas les dijesen todo el camino que recorrieron separados, queriendo correr el velo para ver lo que cada uno hizo en todo el tiempo que no estuvieron juntos. No lo pensaron, sólo actuaron como dos personas que se aman, que se reencuentran después de muchos días sin verse: unen sus labios abrazándose mutuamente, él rodea con ambas manos la cintura de Ana, la ciñe fuertemente hacia él, como si con ese abrazo tratara de fundirla a su cuerpo; ella no opone resistencia. Saborean cada uno los labios del otro. El beso comienza con ternura, ternura que poco a poco sube de intensidad. Los dos pierden la noción del tiempo, del lugar donde se encuentran. El beso enciende la pasión que llevan guardada muy en el fondo de sus sentimientos, como una chispa de fuego que comienza hasta llegar al punto de perder la cabeza, como tantas veces en un tiempo lejano había sucedido…

Repentinamente, Mario se separa, afloja los brazos, suelta sus manos, mira directamente a los ojos de ella, ojos que recordaba exactamente igual a la última vez que los vio; retrocede dos pasos, no sabe qué decir, titubea al hablar.

—Yo… Yo… Discúlpame… No fue mi intención.

Ella agrega con voz firme, muy decidida:

—No, soy yo la que debe dar disculpas, aclarar muchas cosas. Es realmente una sorpresa para mí encontrarte aquí, en este momento.

Mario le arrebata las palabras impidiéndole continuar:

—Jamás pensé volverte a ver en esta ciudad tan inmensa. El destino nos tiende una jugarreta… después de estos años. Pensé que lo nuestro había quedado atrás. Bastó verte para que mi corazón me sacara de mi error.

Ella comenta:

—En cambio, no pasa un día en que yo no piense en ti —continúa diciendo, al tiempo que mira su reloj pulsera—. Siento como si hubiese sido ayer el día que nos separamos. —Guarda silencio unos minutos, en los cuales los dos sólo se miran, comiéndose con los ojos; se observan fijamente como si fuese la primera vez. Ana es la primera en romper el silencio—: Voy a llegar tarde al trabajo. Necesito hablar contigo. ¿Quieres…? ¿Tienes tiempo para conversar más tarde? Tengo tanto que decir, mucho que explicar.

—Está bien, dime dónde y a qué hora.

Ella voltea a ambas direcciones, a lo lejos observa el letrero de un café y lo señala: —¿A las seis y treinta de la tarde en aquel café?

—Allá te espero —contesta Mario, quien toma en sus manos las de ella, las levanta, las besa tiernamente. Ambos jóvenes se separan reteniendo hasta el último momento la punta de los dedos de la mano del otro. Cada uno retoma el rumbo de su destino que, por un momento, han olvidado. Mientras caminan perdiéndose entre la gente, los dos enamorados piensan:

Ella: "¡No es posible que después de este tiempo lo encuentre aquí y ahora! ¡Apenas puedo caminar y respirar de la emoción! ¡No lo puedo creer! ¡Dios, que no esté soñando otra vez!".

Él: "¡Ese beso revivió mis sentimientos! ¡La amo! ¡La amo! ¿Qué voy a hacer? ¿Por qué encontrarla hasta ahora en estas circunstancias?".

Después de un tiempo de realizar tareas de mujer de hogar, acostumbrada a trabajar la mayor parte del día, Ana no soporta la rutina diaria: lavar, planchar, hacer comida y demás; piensa, sabe que realizarlas por el resto de su vida, en un tiempo no lejano, la volverán amargada y el poco amor que le tiene a Raúl terminará por completo. Ambos esposos platican sobre el asunto. Con un poco de renuencia por parte del esposo, deciden que ella regrese a trabajar a la misma oficina donde laboraba antes de la enfermedad de Emilio.

Posteriormente del sorpresivo encuentro con Mario, Ana llega a la oficina, realiza sus labores cotidianas; a la hora del almuerzo se reúne con su querida amiga Silvia en el restaurante de siempre, y sin más preámbulo le comenta lo acontecido por la mañana:

—¡No me digas, amiga! ¡Cuéntame más! —Silvia abre los ojos sorprendida. Se coloca ambas manos en la boca para contener un grito de emoción. Toma nerviosa la taza de café caliente, el cual derrama sobre su blusa color azul claro—. Disculpa, qué torpeza la mía, no importa, en este momento no tiene importancia. —Como tampoco la tiene que sólo puede secarse el líquido con las escasas servilletas de papel que hay en la mesa. Escucha con detalle el encuentro inesperado que Ana tuvo con Mario. Sumamente asombrada pregunta—: ¿Y... cómo está Mario? ¿Está bien? ¿Sigue igual?

—Sí, está bien, o al menos me pareció verlo así.

—¿Qué más te dijo?

—Sólo las pocas palabras que te repetí. El encuentro fue muy breve. No hubo tiempo de preguntar o contestar nada más.

—Amiga, este acontecimiento hay que celebrarlo.

—Sí, aunque sea con más café.

—¡Señorita, nos trae otras dos tazas de café, por favor!

—¡Y que estén bien cargados! ¡Ja, ja, ja!

—¡Sí! ¡Bien cargados! —repiten las dos amigas al unísono sin dejar de reír.

Son las seis de la tarde, Ana está cerrando la sesión en la computadora; mientras se apaga totalmente, guarda en los cajones del escritorio la documentación que no terminó porque se la proporcionaron hacía apenas unos minutos antes. Nerviosa, guarda en su bolsa de mano el celular y las llaves que por costumbre deja al lado derecho del monitor. Esta vez ella no se despide de nadie. Su nerviosismo es muy notorio, si alguien le preguntara qué le pasa, seguramente divulgaría el encuentro que tendría en breves momentos con el gran amor de su vida y padre de su hijo.

Ana sale de la oficina, se encamina al lugar señalado; durante el trayecto titubea en varias ocasiones el continuar su paso al lugar del referido. Mueve la cabeza negando, se detiene, deshace su andar, emprende otra vez la caminata, dice para sí: "Llevo mucho tiempo esperando este encuentro; por cobardía no lo voy a echar a perder, que sea lo que tenga que ser". Con el garbo que siempre la distingue enfila dentro del establecimiento, busca con la mirada; de momento no ve a Mario; él, con una mueca que parece ser una sonrisa, levanta la mano, mueve su palma para que ella localice el lugar donde está. Ana avanza, ahora con lentitud; el propósito firme de unos minutos antes ha desaparecido por completo; se detiene inesperadamente, da media vuelta. A punto está de retirarse, cuando siente la mano de Mario tomándola por el brazo. En esta ocasión se planta enfrente de ella diciendo:

—¡Ah, no, esta vez no vas a huir, mucho menos a correr como la última vez!

—Discúlpame —comenta ella mientras se acerca a la mesa donde hay dos tazas humeantes de café negro. Él, amablemente, le ayuda a sentarse, acomoda la silla.

—Disculpa el atrevimiento, ordené por ti; espero no te moleste.

—Está bien.

Mario se sienta también. Pasan unos segundos, ninguno de los dos pierde detalle de la cara del otro: ambos se observan, se ven en la profundidad de los ojos del otro; ella se detiene en la boca de él. Por fin, es Ana la que rompe el silencio:

—Ha pasado mucho tiempo.

—Así es —comenta él.

—No fue muy agradable nuestra despedida —agrega ella.

Mario menciona:

—Tal vez no sea correcto después de todo este tiempo estar los dos aquí, pero la duda me corroe; no voy a desaprovechar esta oportunidad: vas a tener que contestar algunas preguntas. ¿Qué pasó? ¿Por qué el cambio de idea? ¿No me querías lo suficiente para casarte conmigo? ¿Conociste a alguien más?

Primero, Ana baja la cabeza; luego levanta la vista; sus ojos se topan con los de él, y contesta con voz firme y fuerte:

—¡No! Nada de lo que te puedas imaginar tiene que ver con la decisión que tomé. —¿Entonces?

—¡No lo sé! ¡Ni yo misma supe en ese momento por qué reaccioné así!

—Con voz más suave ella agrega—: Sólo sé que después de estos años te sigo amando igual que el primer día.

Mario no sube el volumen de su voz para que las personas que los rodean no se enteren de lo que ellos están hablando, aunque molesto agrega:

—¿¡Amor!? ¿Llamas amor al dejarme plantado en la iglesia el día de nuestra boda? ¿Es amor lastimarme de esa manera?

—¡Sé que no lo entiendes! Por eso estoy aquí, para explicar mi sentimiento y reacción de aquel día. Sólo te pido que me des unos minutos; si después de ello, todavía sientes que me odias, entonces me marcharé: así como rompí el compromiso contigo en la iglesia, dejaré que digas lo que quieras y te juro que jamás volverás a saber de mí, cambiaré mi dirección, mi lugar de trabajo, hasta mis amistades. Si algún día vuelves a esta ciudad, ni por equivocación nos toparemos como ahora sucedió.

Mario guarda silencio, deja pasar los segundos, escudriña en lo profundo de su mirada, se tranquiliza con las palabras que ha escuchado:

—Adelante, tienes toda mi atención. Te escucho.

Ana comienza a hablar, a grandes rasgos; sin dar detalles o pormenores de los acontecimientos explica brevemente lo que ha pasado en su vida desde el momento en que se separaron: por qué no le informó de su embarazo; la enfermedad de su hijo; su matrimonio con Raúl; del porqué tuvo que volver a trabajar; lo que hizo hasta el momento de su encuentro por la mañana. Conforme ella habla, el semblante y las facciones de Mario van cambiando: la dureza de su expresión ha quedado atrás. El tiempo ha pasado. Es turno de hablar de él. Comenta su decisión de no volverla a ver después de su fallida boda, de su viaje de trabajo, primero a Argentina, luego a Europa; la necesidad de hablar alemán; su encuentro con Natally; la bondad, ingenuidad y ternura de su esposa. Mario toma otra vez las manos de ella entre las suyas, las besa... Una lágrima se asoma en los ojos de Ana. Mario acerca su cara a la de ella y comienza a besarle la frente, las sienes, ambas mejillas; no quiere que su figura se desvanezca como muchas veces en sus sueños sucedió. Finalmente, busca su boca. Ella no opone resistencia, se deja llevar por el amor profundo que aún siente por él. Ambos experimentan el mismo sentimiento, el cosquilleo en sus estómagos les indica que no hay poder humano que los vuelva a separar.

—¡Es tardísimo! —menciona ella al ver el reloj en la pared del café.

—Sí, debemos irnos. ¿Te llevo a algún sitio en especial?

—No te molestaría, me encantaría aceptar tu ofrecimiento, pero aún estoy a tiempo de llegar a casa.

—¿Hay algún problema si llegas después de la hora acostumbrada?

—No, si la explicación es satisfactoria; sin embargo, no deseo entrar en conflicto con Raúl después de lo que ha hecho por mí y Emilio.

Mario pregunta nuevamente:

—Ana, ¿qué hicimos?

—Actuamos según las circunstancias sin medir las consecuencias de nuestros actos; a mi parecer los dos fuimos egoístas pensando sólo en el sentir propio, sólo eso.

—¿Por qué no confiaste en mí? Si me hubieras compartido tus dudas, nos habríamos evitado muchos sinsabores; más que nada, nos hubiéramos evitado esta separación innecesaria.

—No medí el resultado de lo que estaba haciendo.

—¡Eso ya lo sé!

—Sé que no puedes perdonar lo que hice; también yo estoy pagando la repercusión de mis acciones.

—Ahora... ¿qué sigue? ¿Cómo vamos a continuar? ¿Seguir como si no nos hubiéramos vuelto a ver?

—¡No lo sé! Mi cabeza es un caos. Todo este tiempo rogué para que volvieras, y ahora que estás junto a mí, no sé qué hacer. —Los segundos pasan, ninguno de los dos dice nada más, Ana vuelve a ver el reloj—: Por ahora debo marcharme, los dos tenemos mucho que pensar, saber qué es lo mejor para todos.

Mario afirma con un movimiento de cabeza y agrega:

—¿Crees que aún hay futuro para nosotros?

—Dímelo tú.

—Mañana te espero aquí nuevamente, a la misma hora. ¿Puedes?

—Está bien. —Son las últimas palabras que Ana menciona antes de salir del lugar.

Los días que siguen son mágicos para los dos enamorados: el reencuentro ha sido tal que retoman lo que habían dejado en el pasado. No se ven en el café como los primeros dos días, Mario ha rentado un pequeño departamento cerca del hospital, también cerca del recorrido que Ana tiene que hacer para regresar a su casa; aunque sólo son unos minutos, tras los muros de esas cuatro paredes, dan rienda suelta a la pasión, pasión que quedó guardada años atrás y que ahora surge con más ímpetu. Una vez cerrada la puerta de la pequeña habitación, sus bocas se unen, el calor de los besos enciende sus sentidos, renaciendo la chispa que no se ha de apagar hasta culminar con la entrega total, como si trataran ambos jóvenes de recuperar el tiempo perdido. Cuando nuevamente llega la calma y el pulso de sus corazones es normal, hablan de mil cosas y de ninguna a la vez, de cosas superfluas, de detalles de sus vidas separadas. Ambos entristecen cuando sus palabras se refieren a sus respectivos cónyuges:

—¿Cuándo dan de alta a Natally? —pregunta Ana mientras se viste pausadamente... sin prisa.

—En uno o dos días —contesta Mario, quien también hace lo propio poniéndose la ropa.

—¿Luego? ¿Qué va a pasar? ¿Dejaremos de vernos? ¿Te vas a ir nuevamente a Alemania?

—No lo sé.

—Sabes que nada de esto estaba planeado. Ninguno esperaba que nos volviéramos a ver; habíamos cerrado esa parte de nuestras vidas; dábamos por concluido ese capítulo... —Tras unos segundos de silencio, se acerca por la espalda a donde se encuentra Ana, la toma por la cintura, recarga su cabeza sobre su hombro derecho agregando—: Amor, el destino se ha empeñado en mantenernos separados.

Ella, muy seria, levanta la vista:

—No, no culpes al destino del error que cometí. Me arrepiento todos los días, todas las noches.

Mario suavemente hace que ella gire. Los dos quedan de frente. Él une su frente a la de ella, besa suavemente los labios de su amada, comenta para tranquilizarla:

—Por lo pronto nos seguiremos viendo aquí por lo que resta de la semana; después platicamos lo que podemos hacer. En este momento no se me ocurre nada.

Ahora es Ana la que interviene:

—No me gusta esta situación. Lo que menos quiero es continuar engañando a Raúl. —Ninguno lo deseaba... No te preocupes por el mañana, mejor disfrutemos los minutos que tenemos. A propósito, ¿has tenido problemas por la hora a la que has llegado a tu casa?

—No, frecuentemente me quedo a trabajar media hora o una hora más.

—¿Te hace falta dinero?

—No, no es por dinero que me quedo trabajando después de que todos se van, sino por responsabilidad, para que los documentos que me solicitan estén a tiempo.

—¿Cómo está Emilio?

—Gracias por preguntar, como diariamente lo has hecho. Está bien, después de que lo dieron de alta del hospital, sus defensas trabajan normalmente; ahora es un niño muy sano.

Una vez listos, los dos jóvenes salen del departamento y caminan por el angosto pasillo hasta llegar a la entrada. Mario, como todo un caballero, amablemente abre la puerta; antes de dejarla pasar, la atrae hacía él: ambos se besan nuevamente a modo de despedida. Ana sale primero, se pierde entre la gente que transita en la calle. Mario hace lo mismo, sólo que aguarda varios minutos para tomar el camino de regreso al hospital. Entra, sin prisa enfila a la habitación donde se encuentra su esposa. En ese momento el galeno hace la revisión de rutina. El muchacho le pregunta al verlo:

—¿Cómo se encuentra mi esposa, doctor?

El médico checa la presión, ritmo cardiaco, pulmones, etc., y agrega:

—Bien, hoy se pueden ir a casa.

—¡Qué bueno! —dice Natally.

Mario, sentado al lado derecho de la cama de su esposa, la toma gentilmente su mano, la pasa por sus labios y comenta:

—¿Ya ves, chiquita? Estás lista para partir a Alemania.

Al escuchar lo anterior, el doctor interviene:

—No tan rápido. Me refiero a su casa aquí en México; viajar tan lejos puede ser contraproducente.

Ella deja de sonreír y pregunta:

—¿Hasta cuándo podré viajar?

El galeno contesta:

—Si descansa dos o tres semanas más sería perfecto.

Al oír esas noticias, Mario esboza una leve sonrisa:

—Vamos a seguir las órdenes del doctor, sabes que la empresa me proporcionó un departamento cerca de la oficina, allí estarás cómoda; voy a contratar a una persona para que ayude con los quehaceres domésticos y para lo que necesites.

Natally, muy seria, agrega:

—Es mucho el tiempo que he estado separada de mi papá. Ha estado hablando por teléfono todos los días; en algunas ocasiones hasta dos veces al día para saber cómo estoy.

—Las mismas veces que le he dicho que estás fuera de peligro, que estás bien, que no se preocupe.

—Soy su única familia. Es lógico que esté inquieto por saber el estado en que me encuentro; soy su hija.

—Tienes razón. Al rato que hable… No, mejor, háblale tú misma, así le darás la buena noticia y sorpresa de que ya estás fuera del hospital.

—Está bien —concluye ella.

Capítulo 7

Los días de convalecencia de Natally, Mario los aprovecha para estar todas las tardes con Ana en el departamento cerca del hospital. El tiempo pasa rápidamente, y los minutos que está con ella le parece que vuelan. Ha postergado todos los días la decisión que tiene que tomar, quedarse en México y vivir con Ana y su hijo o regresar con Natally a Alemania, olvidándose de los dos seres que ahora forman parte de su vida. El lugar donde se ve con la madre de su hijo se encuentra al lado opuesto de donde vive con Natally. Mientras hace el recorrido en su automóvil, piensa, piensa, piensa: "Estoy enamorado de las dos…, no puedo vivir sin ellas; una es toda ternura e ingenuidad, su amor despierta en mí los más puros sentimientos; la otra es salvaje, pasión…, deseo; una es complemento de la otra. Además, tengo un hijo. No es justo para ninguna de las dos tener esta doble vida. Sé que muchos son felices así... Tal vez podría yo también vivir así… Qué tontería estoy pensando… Debo decidir por una de las dos mujeres: mi corazón las ama por igual, sé que voy a sufrir… ¿Por cuál me decido? No lo sé todavía, los principios y buenas costumbres con las que fui educado no me permiten seguir así".

Con los sentimientos confusos y pensamientos hechos un caos, llega al departamento que la compañía paga; ahí lo espera su joven esposa, que al verlo sonríe, camina a su encuentro, lo besa tiernamente y saluda:

—Hola, amor, ¿cómo te fue en el trabajo?, ¿tuviste un buen día?

—Sí, gracias. ¿Cómo estás tú?

—Bien. Siempre te he dicho que me siento bien; no sé por qué la insistencia del doctor de tenerme en reposo todos estos días.

—Él sabe lo que hace; además, el descanso te ha sentado, estás más hermosa que nunca.

—Gracias por tus palabras. Cambiando de tema: ¿cuándo regresamos a Alemania? —Posiblemente la próxima semana. Envié la información requerida, sólo espero la respuesta.

—Ojalá sea lo más pronto posible. No es que no me guste México, quiero ver a mi papá.

—¿Qué te cuenta el profesor Shneider por teléfono?

—Te manda saludar, espera que pronto estemos allá con él.

—La semana pasada que vinieron mis papás les dijiste que te agradó mucho Guadalajara.

—Así es, es una ciudad muy bonita y provinciana.

Entre el trabajo, las citas con Ana y la vida conyugal con Natally, las horas se agotan rápidamente, tal parece que ahora le falta tiempo al día, porque a Mario le parece que es muy corto. Tan ocupado está que, sin pensarlo, llega por fin el día de la despedida. Una vez en el pequeño departamento donde se ven todas las tardes, Mario y Ana conversan; ella, con tono de enfado, dice:

—Entonces, te vas.

Él no le da importancia.

—Debo regresar a Alemania. Lo sabías desde un principio.

—Sí lo sé, sólo que ahora que te volví a encontrar es más difícil dejarte ir.

—No puedo abandonar a Natally ahora.

—¿No puedes, o no quieres?

—Mis sentimientos están muy confusos. Ana, sabes que te amo.

—Pero también la amas a ella.

—¿Por qué lo dices?

—Porque si no fuera así, me lo habrías dicho; el corazón no me engaña.

—No hagas esto más difícil.

—¿Qué voy a hacer yo? Claro, fue muy fácil y agradable para ti tenernos a las dos. —Sabes que no lo planeé.

—Es más sencillo dejarme a mí que dejarla a ella, ¿o me equivoco?

—Todavía estoy pensando qué hacer.

—¿Qué hacer? No se trata de qué hacer, sino de a quién amas. —Ana observa a Mario. La mente de él ha viajado a un lugar muy lejano. Al verlo taciturno menciona—: Lo que decidas me lo haces saber. Me retiro. No me acompañes, porque te juro que no te dejo ir esta vez.

—Por favor, aguarda unos minutos más.

—No… —dándole la espalda, ella manifiesta su sentir, con el corazón sangrante por la despedida no es capaz de verlo a los ojos; sabe que no será capaz de permitirle partir. Con un rictus de dolor reflejado en su rostro, dolor que no permite que él tome parte, sentencia sus palabras—, no quiero estar presente cuando te marches ni cuando digas que te vas o que te disculpe. Ya ves… Esta es la segunda ocasión que nos separamos, por el motivo que sea; tal vez porque lo nuestro no puede ser. Si es el destino el que se opone, ¿quién soy yo para poder cambiarlo? Es mejor para los dos que me vaya. Adiós.

—Ana, espera.

Sin decir más, la muchacha sale del lugar. El trayecto a su casa es más largo, tanto que se le hace una eternidad llegar. Durante el trayecto, Ana no ve nada a su alrededor: de pronto, todo es gris; ya no escucha a los vendedores ambulantes que pasan a su lado; el tráfico o el claxon de los automóviles ha dejado de tener importancia. Sube al transporte, se sienta, las luces en los anuncios y semáforos se vuelve una mancha amarillenta. Los rostros de la gente son sólo un borrón de pintura. Llega a su casa. Se dirige inmediatamente a su habitación. Se derrumba en su cama, cubre su rostro con la almohada para que su esposo y su hijo, que cenan en ese momento, no escuchen el llanto que derrama por el amor de su vida, que se va lejos, tan lejos, a otro continente... Tal vez, en esta ocasión, sea para siempre. Se queda dormida con la ropa puesta. Más tarde, Raúl le quita los zapatos, la cubre con una manta; él se mete dentro de la cama, acerca su cuerpo al de ella, la abraza, también se queda dormido.

A las cinco treinta de la mañana comienza a sonar el despertador del celular de Raúl. Ana despierta súbitamente, toma el pequeño aparato, lo apaga; se sienta en la cama. Hasta ese momento se percata de lo que trae puesto; salta, se dirige al baño, se ducha, cepilla sus dientes. Con la bata puesta y la toalla enredada en la cabeza va a la cocina, donde prepara el jugo de naranja y verifica que dentro del refrigerador todavía haya leche, algo de fruta y verduras, para que más tarde Lupe, la niñera, prepare el desayuno de Emilio.

—Buenos días —dice Raúl, quien toma el vaso con el jugo de naranja.

—Hola, buenos días —comenta ella mientras bebe el líquido amarillo.

—Anoche llegaste muy cansada —agrega él.

—Sí, disculpa que no te avisé de mi llegada, regresé con dolor de cabeza.

—Me di cuenta, por eso no te molesté. ¿Te sientes mejor?

—Sí, gracias, tomé dos aspirinas.

—Me voy a bañar. Cuídate —finaliza él.

—Nos vemos por la tarde o noche —comenta ella; luego se dirige a su habitación, se cambia, arregla su peinado y maquillaje, observa en el espejo las huellas del llanto que dejó que fluyera libremente la noche anterior. Espera los momentos necesarios sólo hasta escuchar que en la puerta se introduce la llave que anuncia el rostro conocido de la mujer que cuida a su hijo.

—Hasta luego, seño —dice la mujer recién llegada.

—Nos vemos, Lupe, cuida bien a Emilio.

Ana sale de su casa como todos los días. Su belleza, su figura es la misma de siempre, pero en su interior siente que algo ha muerto; su corazón no palpita igual que siempre; su mente divaga; su espíritu ha perdido la razón de su existencia. Respirar le cuesta trabajo, el aire fresco lo siente enrarecido, pesado, como si el mundo se hubiese caído sobre sus hombros, como si cada paso que da pesara una tonelada. Las lágrimas vuelven a rodar por sus mejillas. Ella las deja fluir libremente. Por increíble que parezca, el llanto le trae algo de consuelo a su desgarrado y herido corazón. Ana realiza por inercia o costumbre la rutina del trabajo diario. A media mañana, su celular le indica que tiene un mensaje nuevo. Ella verifica en número. Al leer el texto siente un vuelco y mariposas en su estómago:

"Ana, dejé recado, acude al mismo lugar en el mismo horario".

No lo puede creer. Sus ojos se iluminan, en su boca se dibuja una sonrisa, aprieta el celular contra su pecho.

—¡Ja, ja, ja, ja, ja! —suelta una carcajada de felicidad. Sus compañeros de la oficina no comprenden lo que está pasando; la ven como a un bicho raro. Después de leer el mensaje ella cambia de actitud: ahora ríe, bromea nuevamente, como hacía mucho tiempo no sucedía. Al llegar la hora señalada, se despide de sus compañeros como de costumbre—: Hasta mañana.

—Hasta mañana, Ana, que descanses.

Realiza el trayecto de siempre y arriba al departamento que se convirtió en su cómplice y guarida, donde tarde a tarde los amantes daban rienda suelta a su amor, no por capricho o querer ser infieles, más bien por una broma del destino; tampoco eran entregas salvajes o de pasión enfermiza, cada vez era descubrir el amor en su más puro deseo, era amar a la persona sublime, la que llena, la que complementa la vida, por la que se es capaz hasta de dar la vida.

Una vez adentro, observa con detenimiento cada rincón y cierra los ojos para recordar los momentos íntimos que vivió con Mario en los diferentes sitios del lugar; se sienta en la cama, se recuesta totalmente, vuelve a cerrar los párpados, busca con su olfato el aroma inconfundible del ser amado; pasa la palma de su mano derecha sobre el lado donde él siempre se recostaba una vez pasados los minutos de amor y euforia. Sueña con los momentos que juntos pasaron en esas cuatro paredes. Súbitamente recuerda el motivo por el que ella está ahí; se levanta, comienza a pasar su mirada por los lugares más visibles; sobre un buró que está al lado de la cama, localiza un pedazo de papel doblado por la mitad... Se acerca lentamente, toma el blanco objeto, lo lleva con ambas manos a la suficiente altura para poder leerlo. Se toma su tiempo. No tiene prisa. Teme que el contenido no sea de todo su agrado. Su corazón comienza a latir más aprisa. Se sienta en el sillón individual, abre con ambas manos la diminuta hoja y, con toda la calma del mundo, comienza a leer. Como si lo hubiese adivinado, de sus bellos ojos empieza a brotar nuevamente el llanto; cada palabra que lee es como una daga que le desgarra el corazón. Siente que su alma se desprende de su cuerpo, que se aleja, se aleja subiendo hasta el infinito; que la abandona, la abandona quedando su ser solo, vacío, lleno de tristeza, de sensaciones frustradas, de no saber qué hacer. Llora por varios minutos hasta que sus ojos quedan secos. Sin expresión alguna, su cara antes joven y bella en sólo unos instantes se ha transformado: han aparecido repentinamente pequeños surcos alrededor de sus ojos, de su boca; su expresión ha cambiado, de ser jovial pasó a la de una mujer madura, con un rictus de enfado, de dolor. Luego de varios minutos de estar en aquella habitación, Ana se percata de que la noche ha cubierto totalmente aquellas cuatro paredes. La penumbra en la que se encuentra es ideal para seguir con su duelo. Se hubiese quedado ahí para siempre, pero recuerda que en su hogar la esperan dos seres que la aman.

Entonces, destruye con rabia el pedazo de papel y los diminutos cortes caen uno a uno quedando regados en el piso.

El regreso a casa lo realiza como autómata. Sentada, recargada en la ventanilla del transporte, recrea una y otra vez las palabras leídas hacía momentos atrás:

"Ana, mi amor, sabes que eres el amor de mi vida, que siempre estarás en mi corazón. Mi alma no está completa si me faltas tú. Me parte el corazón tener que dejarte. Me duele decirlo. Sin embargo, mis obligaciones no pueden esperar más; debo volver a Alemania. No sé qué va a ocurrir allá: si podré vivir sin ti o, por el contrario, si me haces tanta falta que regresaré. Por lo pronto, sigue con tu vida como hasta ahora. No puedo prometer nada. Sólo sé que al recordarte mi pensamiento se llena de júbilo".

—Es muy tarde, pensé que algo te había sucedido —Raúl comenta entre sueños al sentir la presencia de Ana en la habitación.

—Todo está bien —comenta ella. Al ver el rostro de su esposo, el remordimiento llega a su mente y menciona—: Duerme, mañana platicamos los acontecimientos.

La vida continúa su curso, sin embargo, tres corazones sufren por una mala jugada del destino. Si Mario no hubiera regresado a la ciudad de México, no habría dejado sola a Natally, que a su vez no habría tenido el accidente. Si Ana no hubiera regresado a trabajar tampoco se habría encontrado con Mario. No obstante, los supuestos no existen. La realidad es que Ana y Mario siguen amándose como el primer día, así lo sintieron los dos, porque, cuando estaban juntos, desaparecía por completo todo lo que estaba a su alrededor, no importaba esposo o esposa, hijo o el lugar donde estuvieran; verse, tocarse…, sentirse era lo único importante: fundían no sólo sus cuerpos, sus almas formaban una sola.

Con el paso de los días, Ana y Mario retoman sus actividades diarias, cada uno en sus respectivos lugares; ella, en la ciudad de México; él, en Alemania. Tras una breve interrupción de tiempo, en el trayecto a la oficina ella recibe un mensaje telefónico:

"Te hablo hoy 6:30 de la tarde hora de México, Mario".

Al leerlo, Ana no cree que se trate de su amado; su curiosidad es muy grande y comienza a escribir la contestación:

"Hola, amor, ¿realmente eres tú?".

A punto está de enviarlo… Lo lee una, dos, tres veces. Suspira. Opta por eliminar los dos textos, el que acaba de escribir y también el que recibió, y piensa: "Me ama. Sí me ama".

Este pensamiento le acompaña toda la jornada. Son las seis de la tarde. De regreso a su casa decide caminar unas calles, sentarse en la mesa del café donde los enamorados se citaron por primera vez luego del encuentro tan inesperado. Pasan unos breves segundos, la mesera se acerca, con voz amable le cuestiona:

—Buenas tardes, aquí tiene el menú, o ¿está lista para ordenar?

Ana asienta con la cabeza al tiempo que habla:

—Sólo quiero un café negro, por favor.

—Enseguida se lo traigo.

Ana disfruta la taza de café aún caliente cuando el timbre de su teléfono celular comienza a escucharse. El nerviosismo se apodera de ella y comienza a sentir un vuelco en el estómago; la sensación es igual a la de un adolescente cuando por primera vez se atreve a acudir a la primera cita y toma entre sus manos la mano de su primera novia dando el primer beso en la boca.

Al fin, después de unos días angustiosos, ella escucha la voz que tantas veces le habló al oído susurrándole lo mucho que la amaba. Ahora con muchísimos kilómetros de por medio, Mario inicia la conversación. Ambos saben que la plática sólo es eso, una plática cualquiera, una plática que por más entusiasmo que tenga jamás se comparará con tener cerca a la persona amada; es simplemente una conversación que entablan dos personas que se quieren, y los dos saben cómo terminará:

—Hola, Ana, ¿cómo estás?

—Bien. ¿Cómo estuvo tu viaje?

—Cansado, son muchas horas de vuelo.

—Natally… ¿Cómo está?

—Está bien. Gracias por preguntar. No es de ella de quien quiero conversar.

—Muy bien, entonces ¿de qué quieres hablar?

—De ti, de mí, de lo que acabamos de vivir en días pasados.

—Recordar, sí. ¿Por qué no? Sólo eso me queda, sólo recordar.

—Vamos, Ana, desde el primer día que nos volvimos a encontrar supiste que tenía que regresar nuevamente a Alemania; desde hace tiempo, este es el lugar donde trabajo y ahora donde vivo.

—Qué tonta soy, ¿verdad? Debería alegrarme por escuchar tu voz.

—Siento en tus palabras un poco de sarcasmo.

—Realmente me alegra escucharte.

—Te amo, Ana. Te extraño mucho. Tú…, ¿me amas todavía?

—¿Todavía? Mi sentimiento no ha cambiado. Todos estos años han aumentado mi amor por ti, quiero estar contigo.

—Yo también. Desearía poder volar en este instante para, en un abrir y cerrar de ojos, llegar a tu lado, para comerte a besos.

—¿Sabes? Extraño tu cuerpo, tu tibieza, tus besos, hacer el amor.

—Chiquita, no me digas más, porque soy capaz de dejar todo y regresar inmediatamente contigo. Por el momento, no puedo olvidar mis obligaciones.

—Tienes razón. No puedo evitar hablar de mi sentimiento.

—Yo fui quien te pidió manifestarlo.

—Si no me hubieses cuestionado, yo te habría dicho que te amo, que muero de ganas por estar contigo.

—No lo dudo. Yo me siento igual. La conversación continuó por varios minutos más hasta que Ana de reojo ve en una de las paredes el gran reloj, entonces checa el que ella porta en su muñeca y comprueba que ha pasado más de la media hora en que ella y Mario iniciaron la conversación telefónica.

—Es tarde, amor, los minutos se han ido volando.

—Tienes razón. Por ahora, creo que es mejor que los dos terminemos la conversación.

—Opino lo mismo. ¿Me hablas mañana?

—No, mañana es un día muy ocupado; no sé la hora en que pueda hacerlo

—¿Entonces cuándo?

—Te mando mensaje. ¿Está bien?

—Quiero hablar contigo todos los días.

—Yo también. Y no sólo hablar.

—No digas más, no me tortures diciendo lo que quiero escuchar.

—¿Entonces?

—Sólo di… que me quieres, que hablarás en cuanto sea posible.

—Ana, te amo, te llamo lo más pronto que pueda.

—Hasta luego, amor. Habla pronto, espero tu llamada.

—Hasta luego.

Inmediatamente los dos escuchan un clic, señal inminente de la conexión cortada. Después de esa primera conversación, siguieron muchas más: a veces por las tardes, otras por la mañana, siempre procurando que sus parejas, amistades o parientes no pudieran enterarse ni sospechar siquiera lo que estaba sucediendo. Ana y Mario siguen llevando la vida de siempre, cada uno atendiendo los asuntos correspondientes en sus respectivos trabajos y hogares, ocultando muy en el fondo sus sentimientos reales, los que afloran cuando él revisa su agenda de trabajo y con ansia envía el mensaje de la hora en que pueden comunicarse, o cuando ella siente el nerviosismo al enterarse de la hora en que el amor de su vida puede hablarle. Cuando por fin logran entablar conversación, se vuelven sólo instantes los minutos en que los dos intercambian las palabras de amor, de pasión que ambos sienten. A pesar de que la actitud de ella es la misma, en casa, Raúl siente, presiente que algo en la relación está mal, así que constantemente la cuestiona:

—Ana, ¿qué pasa? ¿Todo está bien?

Con enfado ella contesta:

—Sí, Raúl, estoy bien. ¿Por qué siempre me preguntas lo mismo?

—No sé, tal vez porque te siento un poco distante.

—¿Distante?

—Fría.

—¿Por qué lo dices?

—Porque ya no eres la misma. La poca pasión que tenías en nuestras relaciones sexuales se agotó. —Ella no sabe qué decir. Raúl la ve directamente a los ojos, le duele escuchar la respuesta, se arma de valor y pregunta—: ¿Te cansaste de nuestra relación?

Ana continúa callada, no desea lastimar al hombre que en momentos críticos le brindó apoyo, comprensión, cariño, amistad.

—He tratado siempre de proporcionarte las caricias necesarias para que estés satisfecho con nuestra relación tanto afectiva como sexual. ¿Qué más puedo hacer? —Nunca he sentido la entrega total, no sólo de cuerpo, sino de alma; he hecho hasta lo imposible para que me abras tu corazón, tus sentimientos, pero, a pesar de mis esfuerzos, últimamente te he sentido más distante que nunca.

—¿Por qué lo dices?

—Así lo demuestran tu mirada perdida, tus besos fríos. —Pasan breves momentos. Ella no añade nada; sabe que, de hacerlo, lo lastimará profundamente. Calla. El silencio llena todo el ambiente, lo vuelve tenso, pesado; Raúl así lo percibe. Temiendo lo peor, desde el fondo de su corazón desea que su esposa le responda—: Aceptaría que dijeras que es mi imaginación, que todo se debe al cansancio del trabajo; hasta aceptaría si me dices que son los cambios hormonales. —El silencio continúa. Al no obtener repuesta, el semblante de Raúl cambia: de la alegría que siempre muestra cuando está cerca de su esposa, a una fase de tristeza; sus ojos comienzan a llenarse de lágrimas, que están a punto de caer. En el último minuto, el muchacho respira profundo, traga saliva, no deja salir su llanto, se arma nuevamente de valor—: Ana, ¿sigues enamorada de Mario? ¿No lo has olvidado? ¿Qué significa para ti nuestra relación?

Ella pasa su mirada de un lugar a otro, posa la palma de su mano en su frente. Raúl, desesperado por no obtener respuesta, la toma por los dos hombros, la obliga a mirarlo directamente a los ojos. Ana no sabe qué hacer. Con voz temblando por la emoción responde:

—Déjame, no quiero contestar en estos momentos. No es prudente.

—¿Por qué no es prudente? Sólo te pido que contestes mis preguntas.

—No quiero que malinterpretes las respuestas.

Los días y meses siguientes son un suplicio para Ana y Raúl. Su vida juntos ha dejado de funcionar. Últimamente por las noches, cuando Emilio se ha dormido, comienzan las discusiones, reproches, reclamos de ambas partes, hasta que llega el día funesto, el día tan temido por él… Ella habla tranquila, sin enojo, muy muy serenamente. Por el tono de voz, Raúl presiente que será una decisión definitiva.

—Desde que comenzamos nuestra amistad, sabías del amor que siempre he sentido por el padre de mi hijo. Pensé, traté de sentir lo mismo por ti… Ya ves, al corazón no se le obliga a amar. —Él la escucha. No sabe qué contestar. Muy a su pesar continúa poniendo atención; cada palabra dicha por Ana es una daga que va directo a su alma herida, a su corazón sangrante; su boca callada no atina a decir palabra alguna, porque todo lo ha dicho, todo lo ha intentado, no queda nada por hacer, nada que decir; sabe que, aunque diera su vida, ella no corresponderá al llamado de amor que su incipiente corazón le hace. Finalmente, tras muchas pláticas, Ana menciona las palabras finales—: No queda más que disolver nuestro matrimonio. ¿Estás de acuerdo?

Raúl intenta sonreír, pero no puede; sus labios forman una línea y sólo contesta:

—Está bien, sabes que lo que decidas lo seguiré apoyando aunque en ello me lleve la vida.

Ella lo abraza, intenta aminorar el dolor que sus palabras han producido.

—Nunca encontraré a alguien como tú, que me dé el amor que tú me diste. Sería muy egoísta, muy ingrato de mi parte tenerte atado a mí; tienes todo el derecho del mundo de buscar la felicidad. Sé que pronto llegará a ti la mujer que te haga muy feliz, pues mereces que te amen. Desde el fondo de mi corazón deseo que muy pronto suceda. Si te quedas a mi lado, jamás lograrás ver en otra mujer el cariño..., el amor que pueden brindarte. Debes dejarme ir para que puedan llegar a ti y con el corazón en la mano puedan amarte.

Él, suavemente, la retira.

—Gracias, entonces ¿este es el adiós definitivo?

—Sí. No significa que debas marcharte inmediatamente, puedes quedarte todo el tiempo que desees hasta el día del veredicto de la disolución matrimonial.

Raúl apenas puede contener el llanto. Con la poca serenidad que le queda, menciona:

—No, Ana, muchas gracias, muy considerado de tu parte, pero no podría vivir contigo sin tocarte, sin acariciarte, sin besarte. Tal vez tu propuesta, en otro tiempo, habría sido lo mejor que me hubiera pasado; en este momento, en cambio, una vez que supe lo que es vivir y estar casado contigo, no puedo aceptarla. Me marcho en este instante. Por lo pronto, me hospedaré en un hotel. Me llevo únicamente lo indispensable. Con calma buscaré un departamento. En unos días pasaré por el resto de mis cosas.

Sin decir más, Raúl abre el clóset, saca una mochila guardando en ella la ropa, zapatos y utensilios suficientes para no volver en varios días. Se aproxima a Ana, con una mano levanta la cara de ella, acerca la suya, da un ligero beso en la mejilla; ella no se opone, corresponde con la misma cortesía. Sin más, con un simple y sencillo beso termina la relación. Tal pareciera que así de endeble fue la raíz de sus cimientos: sin profundidad ni solidez. Luego, Raúl encamina sus pasos a la puerta de la entrada, sale con la frente muy en alto, con el corazón hecho pedazos por dentro.

Desde esa noche se disolvería y quedaría anulada la familia que meses atrás habían formado por la insistencia de él y la aceptación no muy conforme de ella.

A la mañana siguiente, Ana, como todos los días, espera encontrar en la estación del metro a su fiel enamorado.

"Qué raro —piensa—, esperaba ver a Raúl a esta hora como siempre, como cada mañana, como todos los días".

Sube al transporte. Arriba a la oficina.

—Buenos días, Silvia.

—Buenos días, Ana. —Su amiga, que siempre ha sido muy perspicaz, agrega—: Te veo distinta. ¿Pasó algo importante?

Ana, que ha comenzado su rutina de trabajo, la detiene por un momento, voltea a ver a su compañera mencionando:

—Sí, amiga, sucedió lo que tenía que pasar entre Raúl y yo; te contaré los detalles a la hora del almuerzo. ¿Está bien? Por ahora vamos a trabajar, recuerda que tenemos muchos informes que escribir.

Silvia, no muy convencida, agrega:

—Humm, está bien, tendré que esperar hasta esa hora, no te voy a molestar el resto de la mañana.

Llegada la hora mencionada, Ana encamina sus pasos al café de siempre, donde su amiga y confidente la espera ansiosa:

—Y bien, cuéntame, ¿qué pasó?

—De gravedad, nada, sólo que anoche Raúl y yo hablamos sobre nuestra relación. —¿Y?

—Le hice entender que debemos comenzar los trámites del divorcio.

—¡Válgame! —Silvia pasa su mano derecha por su sien—. ¿Él aceptó?

—No al principio. Bueno… Él no decía nada. Le pedí que se quedara hasta que finalizara la gestión mientras busca dónde establecerse, pero no quiso. Anoche se marchó. No sé nada de él. Pensé que estaría esperándome en la estación del metro. Aguardé en vano, pues nunca llegó.

Los días pasan rápidamente. Al no tener noticias del todavía esposo, ella inicia la diligencia de divorcio. Finalmente, llega la fecha en que Ana y Raúl dejarán de formar parte de una familia. Los dos están en la oficina del juez, quien habla con serenidad:

—Son las 11:00 horas del día 22 de octubre. Señora Carrasco, le pregunto por última ocasión: ¿es su libre decisión llevar a cabo esta disolución del matrimonio? Ella contesta con rapidez. No se detiene a meditarlo. Los acontecimientos vividos junto a Maric la obligan a terminar la unión con Raúl. Ella no puede seguir fingiendo un sentimiento que no alberga su corazón, ni tampoco puede continuar mintiéndole:

—Sí, señor juez.

—Señor Carrasco, ¿es su libre albedrío deshacer esta unión conyugal?

Él, con la frente muy en alto, no ha cruzado palabra con el amor de su vida; se siente herido, usado. Con voz muy segura, pero el corazón hecho pedazos, afirma:

—Sí, su señoría.

—Entonces... Señora, firme aquí, por favor. Señor, firme... A partir de este momento son personas individuales, ya no más familia. Gracias. Es todo. Pueden retirarse. Sin más preámbulo, queda rota una relación que sólo permanecía unida por los esfuerzos, detalles, cariño y amor de un solo participante.

Raúl es el primero en salir; sus pasos denotan la prisa que tiene por ocultar la tristeza, soledad, dolor, melancolía que la ruptura le ha causado en su cuerpo, mente y espíritu. Él hubiera dado todo cuanto es, lo que posee, por tener el amor de Ana. Si ella le hubiera correspondido de la misma manera con la que él le entregó su amor, le habría llenado el corazón y el alma de felicidad. Los hechos denotan todo lo contrario. Por el momento, se siente herido, tan herido que como el más valiente de los seres humanos no oculta su sentimiento: lejos de la oficina del juez comienza a llorar; sus lágrimas resbalan por sus mejillas, empañan su visión; sólo ve manchas, siluetas que pasan a su alrededor. Por inercia, se une a ellas, forma parte de ellas perdiéndose entre la muchedumbre. Ana sale después, le preocupa el estado en que Raúl se encuentra: lo vio muy deprimido. Lo busca en la calle, quiere asegurarse de que él está bien. Por más que levanta la mirada no logra identificarlo entre la gente. Con esa angustia se marcha del lugar.

CAPÍTULO 8

En los días y semanas subsecuentes, Ana realiza las actividades de la oficina como siempre lo ha hecho, sólo que ahora no cuenta con su amigo incondicional: Raúl; él se ha alejado, ocultado por completo de la presencia de Ana. Todos en el trabajo respetan la decisión de él de no hacer, decir o mencionar nada que tenga que ver con su frustrada relación. Su principal tarea como licenciado de la empresa es fuera de ella, lo que le permite estar mucho tiempo ausente de las oficinas del bufete yendo y viniendo de un lado a otro, actividad que le ha servido para distraerse, mantener su mente ocupada para no pensar, o pensar lo menos posible en Ana. Nunca más regresó al departamento de ella, olvidó las pertenencias personales que dejó prefiriendo comprar lo necesario a tener que verla otra vez. Si hubiera vuelto, se hubiera despojado del orgullo; le habría pedido reconsiderar; le hubiera suplicado, rogado que no lo dejara, que lo intentaran de nuevo; por ello, prefirió no volver. Ana, en cambio, estaba al tanto de lo que él hacía por medio de Silvia.

—¿Cómo está Raúl?

—Triste, como te puedes imaginar.

—¿De salud? ¿Está bien?

—Tuvo un fuerte resfriado la semana pasada. Es lo único que le aqueja, de lo demás creo que todo marcha perfectamente.

—Tú, ¿cómo te encuentras, Ana?

—Estoy bien. ¿Sabes? Siento un poco de remordimiento por haber jugado con los sentimientos de Raúl. Antes de ver a Mario me había hecho el propósito de quererlo, que él se sintiera amado; después todo se vino abajo. La presencia en mi vida del padre de mi hijo cambió todo nuevamente. Quedo satisfecha porque, al final, fui yo la que rompió la relación para no continuar engañándolo.

—Tuviste el valor de terminar el matrimonio, fuiste honesta con él, contigo misma.

Ana y Mario siguen manteniendo contacto telefónico. Son las seis de la mañana en México cuando Ana escucha el timbre del teléfono. Es uno de los días en que ambos se vuelven a hablar. Ana se ha levantado más temprano para realizar sus quehaceres antes de contestar. En el momento en que entra la llamada está preparando el desayuno que Emilio ha de tomar. Al escuchar por segunda vez el sonido corre presurosa a contestar. Del otro lado de la línea, con voz amorosa, habla Mario:

—Hola, amor. ¿Cómo estás?

—Bien. Gracias. ¿Y tú?

—Estupendamente cuando hablamos.

—¿Y el trabajo?

—Genial. Ahora más que nunca todo va de maravilla.

—¿Has pensado en mi propuesta?

—Sí.

—¿Qué has resuelto?

—La verdad, no sé qué hacer. Dejar a mis padres, mi trabajo, mi hogar, el país…, es una decisión que me cambiará la vida.

—¿Complicada?

—Sí, no es fácil dejar todo para seguirte al otro lado del mundo.

—¿Vale la pena arriesgarse?

—Sí lo vales, si a eso te refieres. De lo que no estoy segura es vivir a escondidas, ser tu amante no me agrada mucho.

—Ana, intenté vivir sin ti, de veras que lo hice. ¿Sabes qué? No resultó.

—¿Por qué no regresas a México? Retomaremos lo que dejamos pendiente.

—También lo pensé. Si regreso será comenzar de cero. Créeme: no es tan sencillo. —¿Y tu situación con Natally?

—Es una larga historia.

—Escucho.

—Será en otra ocasión.

—¿Por qué?

—Porque por el momento tienes que ir a trabajar.

—¡Es verdad! Cuando hablo contigo el tiempo pasa volando.

—Lo sé. También tengo que regresar a la oficina.

—Adiós, amor. ¿Cuándo volvemos a hablar?

—Te envío un mensaje de texto. ¿Está bien?

—De acuerdo. Estaré esperándolo con ansia.

—Bay, hasta luego.

—Bay, amor.

Han pasado varios meses desde que Raúl y Ana se divorciaron, y hasta la fecha no han vuelto a verse. En cambio, las conversaciones telefónicas entre Ana y Mario son más frecuentes, más largas. ¿De qué hablan? De cualquier tema, para dos enamorados el tema es lo de menos, escuchar la voz del otro es lo primordial. Al principio, Ana insistía en aclarar su situación, en saber qué posición tenía en la relación; después, oír que él la seguía amando era lo único que le importaba.

—¿Recibiste el envío?

—Sí.

—Entonces, estás de acuerdo en dejar el trabajo desde ahora.

—Si no queda otro remedio.

—De lo contrario, tendrás que solicitar constantemente permisos para acudir a las citas para que te otorguen los pasaportes.

—Está bien. No quería renunciar ahora…

—No hay otra manera, los trámites son personales.

—Lo sé.

Después de dos citas, finalmente ella y Emilio obtienen sus respectivos permisos para salir del país. Una vez que los tiene en sus manos, ella y Mario vuelven a hablar.

—Por fin me dieron los documentos para viajar y entrar a Alemania.

—Te dije que sería muy rápido, sin ningún contratiempo. ¿Compraste los boletos? —Sí.

—¿Cuándo salen y a qué hora?

—El vuelo es el próximo viernes a las siete de la mañana.

—Los espero en el aeropuerto.

Cuando se termina la llamada, Ana se dedica a realizar los preparativos para el viaje. Un día antes de partir va a casa de sus padres a despedirse de ellos.

—¿Siempre te vas?

—Sí, papá.

—Te repito que tienes nuestro apoyo hija. Irte tan lejos no es una decisión muy sabia.

—Tal vez, papá. Te recuerdo que dejé al padre de mi hijo en la iglesia, lo he pagado muy caro.

—Hija, tu padre tiene razón. ¿Por qué Mario no regresa a México? Alemania está al otro lado del mundo. Si necesitas algo, ninguno de los dos podremos ayudarte.

Las sabias palabras de su madre suenan a presagio. Ana no las escucha, como tampoco les hizo de su conocimiento que Mario se había casado, que ahora tiene una nueva familia, pues de haberlo sabido los padres de ella no hubieran estado de acuerdo con tan mala decisión de irse a encontrar con él.

—No va a pasar nada, mamá. Les dije que él no puede regresar por ahora. Si nos pide que vayamos a encontrarlo al fin del mundo para estar juntos, hasta allá iremos. —Con esa respuesta, lo que digamos está de más.

—Sí, papá. Mejor dame un fuerte abrazo... Mamá, cuida a papá, no dejes que fume mucho, recuerda la recomendación del doctor.

—Adiós, Ana. Nos llamas cuando llegues.

—Adiós, mamá. Adiós, papá. Cuídense. Les hablo cuando esté instalada.

Ana se levanta de madrugada. Desde una noche previa, tiene listas las dos valijas que llevará: una, con la ropa más indispensable para ella; la otra, con prendas de Emilio. Por petición de ella, Lupe, su ayudante doméstica, duerme en el departamento. Una vez levantadas y arregladas salen del hogar. Afuera, un taxi solicitado ex profeso las espera. Lupe le ayuda en todo momento con las maletas mientras Ana lleva a Emilio en sus brazos. La noche no termina aún, y aunque los tres van muy bien abrigados sienten el frío de la madrugada. El niño, dormido, reclama el cobijo de su habitación, de su cama, y se acurruca lo mejor que puede, como si presintiera que el rumbo de su vida cambiará nuevamente desde ese momento.

En el aeropuerto, las dos mujeres se despiden: Lupe, con lágrimas en los ojos, comenta:

—Seño, si las cosas no salen como usted lo desea, regrese inmediatamente.

—No te preocupes. Los dos estaremos bien.

—¡Que Dios la bendiga, seño Ana!

—Adiós, Lupe. Cuida a mis padres, recuerda que de vez en cuando tienes que ir a mi casa, y verifica que todo esté en orden.

—Sí, señora, no se preocupe.

Ana, con un vuelco en el corazón y su hijo en brazos, realiza los trámites en la ventanilla de aduana; más tarde recorre el pasillo acortando la distancia que la separa del avión. No sabe por qué repentinamente surge un sobresalto en su interior; levanta los hombros sin darle importancia haciendo caso omiso a lo que podría llamar "presentimiento". Para su comodidad prefiere que su equipaje vaya en el compartimiento respectivo, y no con ella.

Llegan sin novedad a Londres, donde hacen escala por una hora. Luego parten hacia su destino final: Hamburgo, Alemania. Han pasado varias horas desde que dejaron la ciudad de México. Por fin la joven madre escucha en inglés y alemán las instrucciones para poder entrar en tierra teutona. Ana pasa por la aduana, donde los agentes revisan el pasaporte de ella y de su hijo; uno de ellos indica que vaya a recoger su equipaje. Ana ve pasar una por una las mochilas y valijas de diferentes colores y tamaños, y también observa que apresuradamente dos perros, seguidos de dos guardias, van acercándose a sus baúles; los perros olfatean desesperados, comienzan a ladrar. Los policías verifican el nombre del propietario, buscan con la mirada, se acercan a ella; una mujer policía le habla con tono fuerte en alemán. Ana sólo aprendió lo indispensable por sugerencia e insistencia de Mario para pasar la aduana, así que no entiende absolutamente nada de lo que le dicen. Otro de los agentes, sin una pizca de consideración, le arrebata su pasaporte; al leer la nacionalidad, cambia al idioma inglés, entonces Ana entiende perfectamente la indicación. Haciendo caso a la petición, abre su equipaje. En ese momento los canes están tan alterados que hay necesidad de someterlos a guardar la calma de una manera muy brusca pero efectiva.

—¿Es este su equipaje?

—Sí, señor.

—¿Lleva algo que deba manifestar?

—No.

—Explique, por favor, ¿qué lleva en esa bolsa café?

—Mis cosméticos.

—¿Está segura de que no quiere decirnos nada?

—Es el maquillaje que uso.

—Señora, si encontramos algún tipo de droga, y no lo manifiesta ahora, usted tendrá serios problemas.

—Le repito que es solamente maquillaje.

Un guardia le informa:

—Su equipaje tendrá que ser revisado minuciosamente en otra oficina. Usted debe acompañarnos.

—¿Hay algún problema?

—Sólo acompáñenos.

Madre e hijo caminan escoltados de los agentes hasta que llegan a una salita.

—¡Abra la bolsa! —le ordena una oficial.

—De acuerdo. Compruebe por usted misma que no llevo nada fuera de lo normal. —Ana abre su bolsa y mira con sorpresa el contenido. Sus ojos se abren desmesuradamente. No da crédito a lo que observa—: ¡No puede ser! —grita asombrada añadiendo—: ¿Dónde están mis cosas? ¿Qué es ese polvo blanco?

Inmediatamente se acercan dos policías más: una de ellas toma a Emilio en sus brazos, que ha comenzado a llorar por todo el ajetreo y los gritos que su progenitora ha emitido. Otro agente toma los dos brazos de Ana, los esposa por la espalda; al sentir el frío objeto en sus muñecas, nuevamente grita con desesperanza:

—¡No! ¿Qué hace? ¡Suélteme! ¡Me lastima!

—¡Camine, señora!

—¡Mi hijo!

—No se preocupe, él está en buenas manos.

—¿A dónde me llevan?

Dos policías conducen a Ana a una oficina que está fuera de la circulación normal; una vez dentro, la empujan sobre una silla, lo que hace que por poco pierda el equilibrio. Ahí los esperan otros dos agentes aduanales. Uno de los custodios pregunta si la conversación será en alemán o inglés. Ana contesta que en inglés. Otro oficial le quita las esposas e inicia la pesquisa:

—Nombre completo.

—Ana Castillo León.

—Edad.

—Treinta y un años.

—Lugar de nacimiento.

—Ciudad de México.

—Dirección completa.

—¿Cuántas veces ha introducido cocaína en Alemania?

—¡Nunca! ¡Ni ahora ni antes!

—¡Señora, usted trató de introducir aproximadamente dos kilos y medio de ella!

—¡Debe haber un error!

—¿Es o no suyo el maletín que encontramos dentro de su equipaje?

—Es mío, pero no el contenido.

—Entonces, ¿quién lo puso ahí?

—¡No lo sé!

—¿Alguien más viaja con usted?

—Sólo mi hijo.

—Motivo por el que viene a Alemania.

—Vengo a visitar a un familiar.

—¿Dónde vive?

—Aquí en la ciudad.

—Dirección.

—No sé.

—¿Viene a visitar a un familiar y no sabe la dirección?

—No sé la dirección, porque quedamos de vernos aquí en el aeropuerto.

—Entonces, es posible que se encuentre aquí en este momento.

—Sí.

—¿Él o ella es su cómplice?

—¡Ya le dije que lo que encontraron en el maletín no es mío!

—¡Eso lo vamos a averiguar! ¿Cuál es el nombre de su cómplice?

—¡No es mi cómplice! ¡No es mi cómplice!

—¡Dígame el nombre de su "familiar"!

—Se llama Mario Villanueva.

—Oficial Schultz, dígale a la encargada de información que vocee al señor Mario Villanueva. Usted lo espera y lo trae acá, por favor.

—Sí, señor.

—Nosotros continuaremos indagando de dónde proviene la droga que le incautamos a la señora.

Dicho lo anterior, el oficial sale del montículo, presto a cumplir la orden recibida. Dentro continúa el interrogatorio sobre la procedencia del "polvo blanco". Minutos después aparece Mario en la puerta de otra oficina donde lo espera el agente aduanal.

—¿Qué sucede? ¿Por qué estoy aquí? ¿Qué pasa?

—Con calma, señor Villanueva; primero conteste usted unas preguntas.

—De acuerdo.

—Nombre completo.

—Mario Villanueva Torres.

—¿Por qué está usted aquí en Alemania?

—Soy abogado, trabajo en una compañía exportadora de productos básicos procedentes principalmente de México y Argentina.

—Vaya vaya.

—¿Qué pasa? ¿Por qué ese sarcasmo?

—No, por nada, no tiene importancia.

—¿Conoce usted a la señora Ana Castillo?

—¡Claro que la conozco! ¿Le sucede algo? Debería haberla visto hace más de media hora.

—No, no le pasa nada.

—Entonces, ¿le sucede algo a mi hijo?

—Aaah, entonces, la señora es su esposa.

—No, no es mi esposa.

—Pero usted acaba de mencionar que el niño que ella trae es su hijo.

—Mire, es una larga historia que contar. Dígame qué les sucede.

—Le dije que nada. Bueno, de salud se encuentran perfectamente bien los dos.

—Entonces, ¿qué pasa?

—Dice que usted es abogado.

—Sí, me dedico a tramitar la documentación necesaria para los embarques de la compañía.

—Entonces entre, la señora va a requerir de sus servicios.

El oficial y Mario entran a la oficina donde Ana, callada, sólo mira a la pared. Mario, al verla, cuestiona:

—Ana, ¿estás bien? —Al escuchar su nombre, ella voltea. Al verlo, se levanta. Arrojándose en sus brazos, deja correr sus lágrimas. El muchacho la abraza, le besa la frente, luego suavemente la retira y pregunta—: ¿Qué pasa?, ¿por qué estás aquí?

Ella contesta:

—No lo sé. Los oficiales me preguntan algo relacionado con drogas.

Al escucharlos hablar en español, el agente a cargo les solicita enérgicamente que se expresen en alemán o en inglés.

Mario menciona:

—En inglés.

Otro oficial pide en alemán sentarse.

Comienza un arduo e intenso interrogatorio de más de cuatro horas, al cabo de las cuales los dos jóvenes contestan una y otra vez las mismas preguntas. Finalmente, el policía menciona:

—No me queda muy clara la situación: dado que el equipaje pertenece a la señora, tendremos que trasladarla a la penitenciaria preventiva, donde continuará el interrogatorio.

Mario pregunta:

—¿Cuál es el cargo de la detención?

El oficial lo ve fijamente, guarda silencio unos instantes, voltea a ver a la muchacha y agrega:

—Posesión de droga, la suficiente para que la señora esté varios años en nuestra penitenciaria. ¿Le doy un consejo? Vaya buscando un buen abogado penalista, ella lo va a necesitar.

Mario, con lágrimas a punto de derramar, cuestiona:

—¿Dónde está mi hijo?

—Se lo entregarán en la sala de espera.

Mario se acerca a Ana, pero uno de los policías se lo impide; en lugar de ello, esposa nuevamente a la muchacha. Inmediatamente después la conduce fuera de la oficina. Mario la ve partir y, levantando la voz para que ella escuche y se sienta apoyada, le dice en español:

—¡No te preocupes! Aclararemos este malentendido. ¡Pronto estaremos juntos! ¡Te amo!

Ana, al oírlo, voltea a verlo y contesta:

—¡Yo también te amo! ¡Cuida a nuestro hijo!

Él sale de la oficina, regresa a la entrada de la sala de espera, ve que una de las oficiales juega con el niño. Mario se acerca, dirigiéndose a él en español comenta: —¡Hola, amiguito! ¿Sabes quién soy?

El niño lo observa. Con un movimiento negativo de cabeza contesta tímidamente:

—No.

—Tu mami está enferma, no podrá atenderte por el momento.

El niño lo observa otra vez y rompe en llanto diciendo:

—¡Mi mamá! ¿Dónde está mi mamá?

—No llores. Mira. —Mario busca con la mirada algo que pueda calmar el llanto de su pequeño—: ¿Ves las tiendas de allá, las que están arriba? —Señala con el dedo—. Te voy a comprar un muñeco si prometes dejar de llorar. —Emilio voltea a todos lados, sigue llorando con toda la fuerza de sus pulmones y grita:

—¡¿Dónde está mi mamá?! ¡Quiero irme con mi mamá!— Voltea desesperado buscando con la mirada a su progenitora. Sorpresivamente, su llanto se detiene y Emilio se abalanza a la escalera que lo llevará al nivel señalado por Mario.

—Espera. No corras. Te vas a caer.

Mario apresura su paso para poder darle alcance antes de que llegue a las escaleras eléctricas y se lastime. Lo toma de la mano. Al sentir por primera vez la calidez de la pequeña manita de su hijo recuerda la noche que, estando en casa de sus padres, tuvo aquella pesadilla donde un niño corría primero para luego aferrarse a sus pantalones. Entonces dice para sí: "Hijo, eras tú con quien soñaba desde hace tiempo. No dejaré que nada te pase".

En ese momento, la vibración de su teléfono le indica que está recibiendo una llamada. Introduce la mano dentro de su pantalón, saca su celular, dice en alemán: —Sí.

Del otro lado de la línea habla la secretaria a cargo de su departamento:

—¿Señor Villanueva? ¿Dónde está? Urge que se presente con el señor Weber ¿Olvidó la reunión de hoy?

—Hola. No, señorita, voy inmediatamente a la oficina.

Observa la pantalla del celular, lee que son varias las llamadas perdidas que se registraron; algunas son de la oficina; otras, de Natally. Piensa: "Natally, con tanto alboroto me olvidé por completo de ella... Y ahora, ¿qué voy a hacer? ¿Cómo me presentaré así como así con mi hijo? ¿Qué voy a decirle?".

Estas y otras preguntas invaden su cabeza mientras conduce a la oficina. Una vez ahí, entra apresuradamente al edificio llevando en sus brazos a su pequeño, quien se ha dormido en el trayecto. Al verlo, detrás del escritorio el encargado del departamento de Información lo cuestiona:

—Licenciado Villanueva, ¿va a pasar con el niño?

—Sí.

—El niño no puede estar adentro.

—Disculpe, es una emergencia; de momento no tengo a dónde llevarlo

—Permítame un momento, voy a verificar algo. —El encargado saca un libro, lo abre, checa, dice—: Mmm... Sí, hay una chica en seguridad el día de hoy, tal vez ella le pueda ayudar.

—¿Sería tan amable de llamarla?

—Por supuesto. —Acto seguido el empleado descuelga un teléfono, oprime una tecla, habla unos instantes, cuelga, vuelve a mencionar—: Licenciado, la chica estará aquí en breve.

—Está bien. Ojalá no tarde, estoy sumamente retrasado.

Los dos hombres no acaban de hablar cuando una mujer oficial de cuarenta y tantos años hace acto de presencia. En cuanto Mario la ve se aproxima inmediatamente a ella y brevemente le explica la situación. La mujer asienta con la cabeza. Él deposita en sus brazos el cuerpecito todavía dormido de su hijo; luego se aleja del lugar y se introduce en uno de los elevadores. Llega al nivel donde se encuentra la oficina de juntas. Sale apresuradamente del cubiculo topándose con el ajetreo de siempre: hombres y mujeres en sus respectivos escritorios, unos mirando las pantallas de sus computadoras, otros escribiendo, otros tantos hablando por teléfono, algunos más yendo y viniendo con documentos en las manos. Mario se aproxima a la sala de reuniones. Detrás de los enormes cristales observa que los sillones alrededor de la inmensa mesa están ocupados con los diferentes directivos de todas las áreas; sólo un lugar está vacío, el suyo. Tratando de pasar desapercibido en completo silencio, el muchacho llega hasta donde está su lugar, toma asiento, pone atención a lo que el director de la compañía está diciendo; se enfoca totalmente al asunto tratado, perdiendo toda noción de lo que lo llevó al aeropuerto y de su hijo, al que había dejado con la oficial de seguridad.

Al final de la reunión, uno de sus colegas se acerca a Mario y comenta iniciando una breve charla:

—Hola, Mario, gusto en saludarte, hacía varias semanas que no te veía.

—Así es, también es un gusto para mí verlo de nuevo.

—Noté que llegaste un poco tarde a la reunión. ¿Había mucho tráfico?

—No… Quiero decir… Sí… Mmm… No sé qué decir. No sabría cómo explicarlo en este momento.

Al verlo tan indeciso, su compañero de trabajo le guiñe y agrega:

—No hay problema, espero que no sea nada grave. Me dio gusto saludarte. Te veo después.

Mario, en voz baja, agrega:

—Sí, nos vemos luego.

Mientras su colega se aleja, el muchacho guarda sus documentos en el portafolios, lo cierra, lo lleva consigo; sale al pasillo donde el bullicio de siempre le llega de golpe. Está a punto de entrar al elevador cuando una mano femenina se lo impide: —Licenciado Villanueva. —Él gira completamente para ver a su interlocutora, quien continúa hablando—: Perdón, licenciado, su esposa le dejó el siguiente recado —ella lee de una pequeña libretita—: "Mario, he tratado de comunicarme contigo todo el día. Tu celular está apagado. ¿Qué pasa? ¿Sucedió algo? Comunícate conmigo en cuanto te sea posible, atentamente Natally".

Al escuchar el nombre, Mario sonríe y dice:

—Gracias, señorita.

—De nada, licenciado. ¿Hay otra cosa que pueda hacer por usted?

—No, gracias, señorita. Hasta mañana.

—Hasta mañana, licenciado, que tenga bonita noche.

Mario continúa su marcha. Llegando al *lobby* del edificio se dirige inmediatamente al escritorio del recepcionista, el cual, al verlo, sin decir una palabra toma el auricular, marca un número, habla con alguien del otro lado de la línea; finalmente, le dirige el siguiente comentario:

—La oficial viene en camino, licenciado.

Mario contesta:

—Gracias, muy amable de su parte.

Han pasado unos cuantos minutos, cuando sale de una puerta una mujer policía que lleva de su mano a Emilio; los dos se acercan a Mario, y ella menciona:

—Es buen niño, muy inteligente, licenciado.

Él, con orgullo, contesta:

—Gracias, sí que lo es.

La oficial vuelve a decir:

—No me comentó que el niño no habla alemán, tuvimos que señalar las cosas para poder entendernos.

Mario, apenado por la situación, añade:

—Lo siento, es un detalle que olvidé decirle por la premura del tiempo.

Al entregarle al niño, la mujer habla:

—De cualquier manera, los dos pasamos un rato agradable.

—Gracias, señorita. No sé qué habría hecho sin usted.

—Estoy para servirle, licenciado.

Mario le dice en español a Emilio:

—Dale las gracias a la señorita.

El niño responde:

—Gracias.

Luego los dos, padre e hijo, salen del edificio tomados de la mano. Durante el trayecto a su hogar, Mario piensa seriamente en lo que dirá a su esposa. Maneja tranquilo, sin prisa, la presencia de su hijo le infunde seguridad y confianza. Después de un rato llega a su domicilio, estaciona su unidad al frente de su hogar y se dirige al niño:

—Llegamos. Por un tiempo vivirás aquí.

El niño lo ve sin comprender plenamente lo que su padre le dice, así que pregunta:

—¿Y mi mamá? ¿Ella está adentro de esa casa?

—No, por el momento no está; pronto llegará.

Emilio lo ve nuevamente. Ahora sus ojitos están a punto de derramar lágrimas, pero alcanza a decir:

—¿Dónde está mi mamá?

Mario no sabe qué decir, por lo que titubeando contesta:

—Ella… Ella enfermó… Sí, está enferma. Te prometo que mañana… No, pronto la iremos a ver.

—Yo quiero que mi mamá esté conmigo.

—Yo también, hijo, yo también.

Adentro de la casa, Natally espera ansiosa la llegada de su esposo. El no tener noticias de él todo el día la ha puesto nerviosa en extremo. Cuando nota que Mario no baja inmediatamente de su vehículo, abre la cortina de la ventana y observa con curiosidad preguntándose: "¿Qué habrá pasado? ¿Por qué apagó el celular?". Mientras se cuestiona, observa con detenimiento los movimientos de su esposo. Lo que ve la deja perpleja: "¡No lo puede creer!". Sin poder esperar más corre al encuentro de su amado, quien ha abierto la puerta y entra a casa:

—¡Mario! ¿Quién es este niño? ¿Qué pasa? ¿Por qué él está contigo? ¿Y su mamá? ¿Está todo bien?

Él, con tranquilidad, deja su portafolios y sus llaves sobre la mesita de la entrada; se acerca a ella, le da un rápido beso en la mejilla y se dispone a explicar:

—Hola, amor, disculpa que no pude contestar el teléfono todo el día, las actividades del trabajo fueron una locura. Luego... Luego... —No sabe cómo comenzar. Una cosa es pensar lo que va a decir, y otra muy diferente afrontar la realidad. Toma a Natally por los hombros, levanta su barbilla para verla directamente a los ojos: ve en lo profundo de su color azul. No se atreve a decir la verdad. Cómo hacerlo, cómo decirle que la ha estado engañando, que su corazón también late por otra persona, que sus pensamientos, en cuanto está solo, vuelan a México con la madre de su hijo. Sus labios callan la verdad. No desea lastimarla. Ahora tendrá que mentirle. Comienza—: Ven, vamos a sentarnos, tenemos que hablar.

—Me estás asustando, Mario.

—N... No es nada grave.

—¿Y el niño? ¿Tiene algo que ver?

—Sí. —Mario voltea a ver a Emilio, que no se ha despegado de su pierna: está ahí, junto a su padre, como animalito asustado. Lo toma de su mano. Los tres van a la sala. Mario lo levanta por la cintura, lo sienta en el sillón individual; busca con la vista, enfila hacia los esquineros, localiza en uno de los cajones de una mesita una libreta y un lápiz, se los da al niño y pregunta—: ¿Te gusta dibujar?

Emilio tímidamente responde:

—Sí. —Tomando el cuaderno y el lápiz se tumba en la alfombra, comienza a trazar líneas por aquí y por allá intentando hacer un dibujo mientras Mario y Natally caminan al comedor.

Mario, con amabilidad, separa la silla de la mesa e invita a su esposa a sentarse. Él hace lo mismo en la silla contigua. Tomando las dos manos de ella entre las suyas empieza a hablar, a contar sobre la relación que tuvo con Ana en el pasado y que de esa relación había nacido Emilio. Ella, como toda mujer incrédula y no muy convencida, comenta:

—¿Y cuándo volviste a ver a…? ¿Cómo dices que se llama?

—Ana. Su nombre es Ana.

—¿Cuándo la viste? ¿Y por qué no me dijiste que la habías visto?

—La vi uno de esos días que te fui a visitar cuando estuviste internada en el hospital por el accidente. No creí que fuera importante mi encuentro con ella, por eso no te mencioné nada.

Con mirada suspicaz, Natally inquiere:

—¿Y en un solo encuentro te contó de tu hijo?

—E... A… grandes rasgos, sí.

Natally, no muy convencida, frunce su ceño. Algo de las palabras de Mario no la convence. Algo en el fondo de su corazón le dice que hubo más que un simple encuentro casual. No desea ahondar en la situación. Para qué. Por el momento dejará que su esposo le informe, después sabrá qué hacer.

—¿Y Ana dónde está?, ¿por qué tienes al niño?

—Su mamá enfermó repentinamente y… hoy en la mañana me llamó por teléfono informándome que el niño venía en camino, que… que fuera a recogerlo al aeropuerto. Por eso no podía contestar en el momento en que tú marcaste.

Hay muchas cosas que no están claras. Sin embargo, Natally no quiere comenzar a dudar de su marido, hasta el momento han vivido felices y así desea continuar.

—¿Qué piensas hacer con tu hijo? ¿Se va a quedar con nosotros?

—Sí, hasta que su mamá esté mejor de salud. Como nosotros no tenemos hijos podemos cuidarlo bien, ¿no crees?

—Te recuerdo que si no tenemos hijos es por el accidente, no porque yo no los quiera.

—No te culpo de ello. Sólo digo que este niño viene a suplir al hijo que no tendremos. —Es una decisión muy sorpresiva. A un hijo se le espera por nueve meses, no llega de un momento a otro, menos si uno no se sabe de su presencia.

—Lo sé. Te repito que su mamá me avisó que venía en camino hoy por la mañana. —Qué inconsciente de su parte. ¿Qué tal que no estuvieras aquí o que hubieras salido de viaje?

—Lo sé, lo sé. Mira, el niño estará aquí por unos meses ¿Podrías cuidarlo…, quererlo como si fuera nuestro?

Sin pensarlo, esbozando una gran sonrisa, ella responde como una niña a la que acaban de darle un juguete nuevo:

—¡Claro que sí! ¡De hoy en adelante seremos una familia completa!

Él añade guiñándole:

—¿Sabes? El único problema es que no sabe absolutamente nada de alemán.

Ella agrega sonriendo:

—No hay problema, me dedicaré a enseñárselo al mismo tiempo que jugamos… Un momento, un momento…

—Sí. ¿Qué pasa?

—¿Cuántos años tiene?

—Tres años.

—Entonces es tiempo de que vaya a la escuela.

—¿Tan pronto?

—Tiene que ir al kínder.

—¿No es muy precipitado? Él no sabe hablar alemán.

—Mañana mismo iré con él al kínder más cercano y expondré su situación. ¿Tienes sus documentos de migración?

Mario se levanta de la silla y regresa a la entrada, donde dejo su portafolios; revisa el contenido de un sobre grande que le habían entregado en la oficina de aduana, luego agrega:

—Sí, aquí está su pasaporte, su acta de nacimiento…

—Necesito tus documentos, los míos también. Por ahora, vamos a cenar.

Dicho lo anterior, los dos adultos preparan la mesa. Ella comienza a servir los platos con un exquisito guisado; los coloca junto a los cubiertos que se han de usar. Mario conduce al niño al baño, donde le ayuda a lavarse las manos; juguetea con él con el agua que sale del grifo. El niño responde. Ambos ríen. Sus risas inundan toda la casa. La risa infantil de Emilio sobresale por su frescura y deja cautivada a Natally, quien sonríe, pues sabe que ese niño se volverá, de aquí en adelante, el alma de la casa y ya no podrá separarse jamás de él.

CAPÍTULO 9

Han pasado tres meses desde que Ana y Emilio llegaran a Alemania. El niño acude diariamente al kínder acompañado de Natally,
quien desde muy temprano se levanta a preparar el desayuno para
los tres, luego sube a despertarlo, lo baña, lo cambia, lo toma de la
mano para bajar las escaleras. Una vez en el comedor, lo sienta al
lado izquierdo de su padre, quien ya ha servido los alimentos. Ella
toma su lugar en la otra silla del lado derecho de Mario. Los tres
comen el desayuno. Anteriormente, Mario sólo ingería un vaso de
jugo de naranja o una taza de café; ahora, desde la llegada de su
hijo, procura estar con ellos la mayor parte del tiempo, eso inclu-
ye al menos el desayuno y la cena rigurosamente, sólo se ausenta
cuando hay reunión en la empresa, de otro modo no falta al ritual
familiar.

Durante este tiempo ha acudido a ver a Ana una vez por semana. La mantiene al tanto de todo lo que hace Emilio. Ella siempre sonríe cuando escucha de alguna anécdota curiosa que su hijo
ha realizado; su sonrisa se torna en una mueca triste al preguntar
sobre su situación legal. Ella llora. Sus sollozos le parten el corazón a Mario, pues no puede abrazarla ni consolarla: el cristal que
los separa cumple bien su función. El auricular es lo único que los
mantiene unidos, a través de él se comunican absolutamente todo.
Ella contiene la respiración, con la palma de la mano limpia sus
lágrimas y menciona:

—El licenciado dice que la audiencia será la próxima semana.

—Así es, él habló conmigo ayer en la tarde.

—Sí, también me dijo que el caso es complicado porque no han podido saber el lugar exacto donde se realizó la introducción de la droga a mi maletín. —Ana guarda unos segundos de silencio, luego continúa—: De ser así, mi situación no es muy alentadora.

Mario coloca la mano sobre el cristal. Ella lo imita colocando la suya sobre la de él: quiere sentir su protección, pero sólo percibe el frío cristal. Mario, con un nudo en la garganta, agrega:

—No te desanimes. Es muy pronto para dejarnos vencer.

Ella, desesperada, deja correr sus lágrimas y con voz entrecortada agrega:

—Yo no hice nada. Te lo juro.

—Te creo, amor, no hace falta que lo digas; creo en ti. Vamos, no llores. Daría lo que fuera para sacarte de aquí lo antes posible, pero debemos esperar.

—¿Cuánto tiempo más? Me voy a volver loca si permanezco aquí más tiempo.

—No te desesperes. Verás que los días se van rápido. Pronto estarás con nosotros.

Ella, completamente desanimada, agrega con el tono de voz más alto que está permitido:

—¡Sácame pronto o voy a cometer una locura!

Mario, al ver la desesperación de la mujer que ama, sólo dice:

—Te juro que estamos haciendo todo lo que se puede para que pronto estemos juntos los tres.

Los días pasan. Finalmente, llega la fecha de la audiencia. Ana es requerida para que esté presente, pero no subirá al estrado. Mario ha contratado al mejor abogado penalista e intentará sacar a Ana de tan escabroso embrollo. Las pruebas y testigos que presentan ambas partes son muy convincentes: la inocencia o culpabilidad de la incriminada no quedan comprobadas en la primera sesión.

—Levántense —dice el juez, y con su voz gruesa agrega—: Continuaremos la próxima semana, el viernes a las diez de la mañana.

Inmediatamente, el honorable magistrado baja de su estrado, sale de la sala dejando un sinnúmero de cuchicheos a sus espaldas. Mario se levanta de su lugar, se acerca lo más que puede a donde está Ana, y desde ahí le dice:

—Estamos bien. Estamos bien. Vamos a continuar. No decaigas. Pronto terminará y estaremos juntos. —Al escucharlo, ella voltea a verlo y le dedica la mejor de sus sonrisas. No puede hacer otra cosa, ni siquiera hacer la señal de saludo, porque la oficial que la resguarda le ha esposado ambas manos por la espalda otra vez. Ella siente el frío metal e intenta zafarse. Ese simple movimiento es suficiente para que su custodia la tome de un brazo y de la nuca, y la obligue a caminar más de prisa. Ambas mujeres se pierden de vista detrás de la puerta pesada de madera, caminan dentro de un largo pasillo que las conduce, primero, a otra sala, donde tienen que aguardar unos minutos y mirar a las cámaras de seguridad para que quien está a cargo de la entrada y salida de personal verifique que sean las personas esperadas. Aun así, la custodia es interrogada por un hombre que menciona:

—Nombre, cargo y asunto, por favor.

—Oficial Waldorf. Tengo bajo mi resguardo a la señora Ana Castillo. Su nueva audiencia será el próximo viernes a las diez de la mañana. —Tras la respuesta, una pesada puerta de cristal se abre. Las dos mujeres pasan al interior. Ana escucha cerrarse la pesada puerta. Caminan unos pasos. La oficial se detiene y quita las esposas que aprisionan las manos de la joven, porque tiene que pasar dentro del detector de metales. El aparato no suena, señal de que todo está en orden. Ana es conducida a un salón con muchas mesas grandes y sillas a sus alrededores: es el comedor. En ese momento, las presidiarias que se encuentran en el lugar toman los alimentos del mediodía.

La custodio le indica a Ana la fila para que tome un lugar en ella y reciba los alimentos que le corresponden. El menú es algo de pasta, carne molida, muchas verduras, un trozo de pan y un vaso de agua. Al tener en sus manos la charola con la comida, Ana busca con la mirada una mesa sola. El poco vocabulario en alemán le impide por el momento tener amistades, así que prefiere mantenerse alejada y sola de la comunicación, de toda relación con las demás presidiarias. Encuentra al final del salón una mesa vacía; hacia allá dirige sus pasos, se sienta, se dispone a comer; de reojo ve que se acerca una reclusa. Sin dejar de alimentarse observa con el rabillo que se trata de Agneta, mujer de treinta y tantos años, robusta, de mirada picaresca. Desde el primer día en que Ana ingresó, fue llevada a una celda individual. Agneta está alojada en la celda contigua y ella ha sido la única persona que se ha apiadado de la joven mexicana, pues la primera noche ahí, Ana lloró en silencio hasta que se quedó dormida.

Con los primeros rayos de sol, las reclusas son despertadas con una alarma ensordecedora que se escucha hasta en los rincones más recónditos del lugar. Al oírla por primera vez, Ana exclama un grito de espanto; como consecuencia se oyen las risotadas de las otras presidiarias. Luego de varios segundos del intenso ruido, este cesa por completo, abriéndose automáticamente las puertas de todas y cada una de las celdas. Las internas salen de ellas y se integran a una fila. Ana no sabe qué hacer, se queda recostada en el incómodo catre; con la almohada cubriéndole el rostro comienza a llorar nuevamente. A lo lejos escucha un silbatazo agudo, después la voz fuerte, enérgica, de varias mujeres, son las tres custodios del turno de día. Muy vagamente le parece escuchar su nombre una, dos veces —muy mal pronunciado, por cierto—, e inmediatamente siente cómo le es arrancada la almohada por una de las celadoras mientras otra le grita en alemán, por supuesto, con tono de enfado, señalando a las otras presidiarias;

—¡Salga y tome su lugar como las otras!

Ana, sollozando con voz apenas audible, dice:

—*English, please. English please.*

Como respuesta la custodio a cargo repite la petición en voz alta con cierto sarcasmo:

—¿"Englisch"? —Y agrega nuevamente en alemán—: ¡Aquí no es una escuela de idiomas!

Al escuchar Agneta levanta la mano al mismo tiempo que contesta:

—Yo hablo inglés.

La vigilante que quedó afuera de la celda se acerca amenazante a la interlocutora. Habla tan alto, tan fuerte y rápido cerca de su cara que Agneta cierra los ojos. Ana no comprende lo que se menciona. Enseguida, Agneta asienta con la cabeza, va al lado de Ana. Dentro de la celda, en inglés le dice:

—Amiga, las guardias te exigen que tomes tu lugar en la fila para el pase de lista.

—Está bien —contesta la ahora tímida muchacha.

Las dos mujeres salen, se integran en la fila al resto de las presidiarias. Después se les ordena dirigirse a los baños comunales. Todas obedecen. En la entrada de las duchas aguarda una prisionera vieja que les va dando un jabón pequeñísimo y una toalla seca y limpia. Acto seguido, cada una toma una regadera y comienza a bañarse.

—¡Oooh! —exclama Ana al sentir el chorro de agua.

Agneta pregunta en inglés:

—¿Qué pasa?

—El agua está helada, me voy a congelar.

—No, amiga, congelarte no; te vas a tener que acostumbrar porque en esta clase de lugar lo que menos importa es nuestra comodidad.

—Voy a bañarme rápidamente o me resfriaré.

—Si te das prisa no sentirás el agua tan fría.

Desde ese momento Ana y Agneta fueron inseparables, se les veía juntas por todos lados: cuando Ana recibía una indicación, Agneta servía de traductora en ambas partes. Así se enteró de la mala decisión que tomó Ana al no casarse, de la enfermedad de Emilio, de su matrimonio, del reencuentro con Mario, de la incriminación de la que es víctima.

Después de la audiencia, Ana está muy mal anímicamente. Saber que puede estar presa muchos años le ha bajado la moral. Las dos sentadas en la mesa conversan:

—Vamos, amiga, ánimo, debes estar bien para cuando venga tu enamorado.

—No sé, Agneta. No entiendo por qué me está pasando esto. He sido una buena persona, buena madre...

Agneta frota levemente la espalda de su compañera para darle ánimo:

—La vida da muchas vueltas. Todo este sufrimiento, tarde o temprano, será recompensado. Ya lo verás. Los días pasan, pronto se convierten en meses, después en un año.

En casa, la familia de Mario celebra el cumpleaños del pequeño, quien ahora habla alemán y va al kínder. Sus amiguitos y compañeros del colegio lo acompañan en esta fecha tan especial. Todos están alrededor de la mesa y del pastel que tiene como figura una cancha de futbol y cuatro velas. Los niños dicen:

—¡Vamos, Emilio, sopla las velas del pastel! —grita uno.

—¡Que le muerda!, ¡que le muerda! —dicen los demás al unísono.

Natally habla fuerte para ser escuchada sobre las voces de los niños:

—¡Primero tiene que pedir un deseo!

El niño cierra sus ojos y comienza a decir:

—Deseo…

Uno de los amiguitos lo interrumpe:

—Tienes que pedir tu deseo en voz baja o no se cumple

—Está bien —dice Emilio, quien cierra los ojos y luego los abre—. ¡Ya pedí mi deseo!

Natally vuelve a tomar la palabra:

—¡Ahora sí apaga las velas, Emilio!

—¡Síííí!

—¡Bravo!, ¡bravo!

—¡Queremos pastel, pastel, pastel! ¡Queremos pastel, pastel, pastel!

Los niños son entretenidos por un mago que hace salir de la oreja del festejado una moneda; un conejo, de un sombrero; una paloma, del cabello alto de una de las mamás. Más, tarde los chiquitines y los papás juegan futbol en el jardín de la casa. Toda la tarde estuvo plagada de diversión y alegría. Por la noche, una vez que todos se han marchado, Emilio en cama pregunta a su padre:

—Papi, ¿por qué no viene mi mamá por mí?

Al escucharlo Mario, se acuesta junto a él; se le hace un nudo en la garganta. Con lágrimas a punto de salir contesta:

—Eso quisiera ella. Tu mamá está muy enferma. Por el momento no puede estar contigo.

—¿Me porté mal? ¿Fui un mal niño con ella?

Al escuchar estás últimas palabras, Mario abraza a su hijo:

—¡Claro que no! Tú no tienes ninguna culpa de lo que le pasa a tú mamá. Ya te dije: está enferma. En cuanto se alivie vendrá inmediatamente por ti.

Su hijo da un pequeño suspiro, guarda silencio unos segundos, vuelve a cuestionar: —¿Y Raúl?

Mario suelta al pequeño, lo acomoda en su regazo y contesta:

—Raúl está bien, no te preocupes por él. —Viendo el reloj de Mickey Mouse que Emilio tiene en el buró derecho junto a su cama, prosigue—: Ya es tarde, campeón; duérmete, mañana hay que levantarse temprano para ir a la escuela.

El niño frunce su ceño, voltea a verlo y dice asombrado:

—Mañana es sábado, papá; me puedo levantar tarde.

—De veras. Bueno, el que tiene que levantarse temprano soy yo. —Dando un beso en la frente de su hijo, Mario se levanta y con la mano derecha alborota el pelo del niño; pasa su dedo índice por la punta de la nariz de su pequeño—: Buenas noches, hijo.

—Buenas noches, papi.

Mario apaga la luz de la recámara del chiquitín, dejando entreabierta la puerta. El niño escucha los pasos de su padre, que se alejan; vuelve a levantarse, abre la cortina, mira las estrellas. La luz de la luna ilumina en todo su esplendor. Es luna llena. Pareciera que está esperando que el niño le hable. Él apoya sus manitas en el borde de la ventana, las une diciendo una plegaria:

—Diosito, escúchame. Te pido que alivies rápido a mi mamá. La extraño, quiero estar con ella. Natally es muy buena conmigo, pero yo quiero estar con mi mamá.

Natally, que ha ido a dar las buenas noches a Emilio, se queda estática en el quicio de la puerta; no habla. Al escucharlo da la media vuelta. Lágrimas comienzan a salir de sus ojos. Se aleja. Entra a la recámara que comparte con Mario y deja salir su llanto. Al verla, él se levanta, la abraza y pregunta:

—¿Qué pasa? ¿Le pasa algo a Emilio?

Ella, sollozando, contesta:

—Él está bien. Fui a darle las buenas noches como todos los días...

—¿Y?

—Escuché desde la puerta que no me quiere.

—¿Él te lo dijo?

—No.

—Entonces, ¿cómo sabes que no te quiere?

—Es que... él estaba en la ventana, pidiéndole a Dios que su mamá regrese pronto por él. Dice que soy buena, pero que quiere estar con su mamá.

—Es lógico, todo niño quiere estar con su mamá.

—Sí, pero... he hecho todo lo posible por que él la olvide.

—Amor, eso jamás va a pasar. También a ti te quiere.

—Sí, lo sé, pero no como a su mamá.

—Vamos, no te preocupes tanto; no sabemos cuánto más va a tardar el proceso.

Natally escucha las palabras que su esposo dice. Con movimiento suave, lo aleja de su cuerpo; su ceño denota enfado y lanza sus preguntas:

—¿Proceso? ¿Cuál proceso? ¿Qué estás diciendo, Mario? ¿De qué proceso estás hablando?

Mario había hablado sin querer. Ahora no sabe qué decir. Pasa su mano derecha por su frente. Extiende y cierra sus dedos sobre ella, acto inconsciente de nerviosismo. Habla tratando de suavizar sus palabras y sus actos de un tiempo atrás.

—Ven, siéntate.

—No, Mario, tienes que explicarme qué está pasando.

—Por eso, amor, siéntate.

—Me dijiste que ella estaba enferma, que había enviado solo a su hijo.

—Mira...

—No, Mario, esta vez me dirás la verdad.

—Sí, pero cálmate, no te exaltes. Emilio puede escuchar, lo menos que le debemos es estar tranquilos; el que no esté su mamá con él ya es suficiente.

—Está bien, me sentaré.

Natally, enfadada, se sienta al borde de la cama.

—Te escucho.

Mario está pensando en las palabras precisas que no dañen su relación; que no lastimen a la mujer que ama, que ha aprendido a ser mujer, su mujer en toda la extensión de la palabra, y que ahora se ha hecho cargo de su hijo. Él ha abierto una duda, una gran duda e incertidumbre que tal vez no podría en esta ocasión satisfacer completamente. "Piensa, piensa", se dice Mario para sus adentros hasta que comienza:

—¿Recuerdas que te dije que Ana había enviado a Emilio porque ella estaba enferma y no podía cuidarlo?

—Sí.

—Esa es la primera parte.

—¿Y cuál es la parte que me estás ocultando?

—Bueno… Ella sí estaba enferma… Y… sí quería que le ayudara con el cuidado de mi hijo, así que… sin decirme nada los dos vinieron para acá.

—¿Y luego?

—Resulta que… en uno de sus maletines encontraron droga en polvo.

—¡¿Qué?! ¿Droga? ¿Cómo se atrevió a viajar con ella poniendo en riesgo la vida de su hijo?

—Ella dice que no sabe que pasó, que nunca había visto el paquete con la droga. —¿Y tú le creíste?

—De momento, sí; ahora no lo sé.

Natally ha escuchado. La veracidad de lo dicho es otra cosa.

—Al igual que tú, no sé si creer lo que me estás diciendo o no. Primero, me dijiste algo, pero resulta que no es cierto. Supongo que tu encuentro con ella en México tampoco fue breve. ¿Me equivoco? —Mario traga saliva. Está indeciso en decir la verdad o no. ¿Qué pasaría si dice que su relación con Ana fue tan intensa o más que con ella durante su estancia en el hospital, que el día que la volvió a ver olvidó por completo su existencia, o que tampoco recordó que Natally estaba hospitalizada? ¿Se atrevería a decirle que vivió con Ana tardes de pasión y entrega, que contaba los minutos para estar con Ana? Ana, Ana, el solo nombrarla le llena de amor el pensamiento y su corazón. Son las palabras de Natally las que lo vuelven a la realidad—: Estoy esperando tu respuesta, Mario. ¿Tuviste con Ana algo más que un simple encuentro?

—Te juro que sólo fue una reunión muy pero muy breve en la calle, de casualidad; yo iba llegando al hospital, ella iba a abordar el autobús. Sin querer volteamos, nos vimos, nos saludamos. Ahí mismo, en la parada del autobús, me contó que estaba algo enferma. Yo... Yo le di el número de mi celular. Le mencioné que si necesitaba algo me marcara. Pasó algo de tiempo. Recibí su llamada diciendo que enviaría a Emilio para que me hiciera cargo de él. Jamás pensé que ella vendría también hasta que la vi el día de su llegada. La detuvieron en la aduana. Supe por los agentes que la llevarían al reclusorio. Tendrá que enfrentar un proceso porque se le había encontrado droga en su equipaje y... y eso es todo.

—¿Seguro, Mario?

—Seguro. De verdad, chiquita. Es todo así de rápido.

—Está bien, te creo, aunque me quedan algunas dudas. ¿Qué le hizo creer a Ana que podía venir?

—No lo sé. Ahora vamos a dormir, mañana tengo una reunión muy importante, es mejor dormir.

—Mmm. De acuerdo, vamos a dormir. No me toques, me quitaste las ganas de estar contigo, así que... Buenas noches.

—Buenas noches, amor.

Luego de la explicación, Mario no intenta tener relaciones con su esposa; por los acontecimientos del día por los que acaba de pasar, sabe que mejor será no insistir, habrá mejores momentos en los que su esposa será quién inicie la intimidad, y él, con gusto, se dejará llevar por esa voraz y pícara mujer en la que se ha convertido. Natally no duerme, la explicación de su marido la ha dejado con más incertidumbre que con respuestas claras. No tiene deseos de pelear, de luchar, de saber realmente la verdad. Mario no la ha convencido del todo, pero por ahora no hará más alharaca: todo llega a su tiempo, también el descubrir si su esposo le es fiel o no. De reojo lo mira. Él está durmiendo profundamente. "¿Qué me estás ocultando, Mario? ¿Por qué no confías en mí? ¿De verdad fue sólo un simple encuentro el que tuviste con Ana? ¿Por qué no me dijiste la verdad?". Estas y muchas preguntas más hicieron que el sueño de Natally se esfumara y que la noche se convirtiera en día rápidamente. El reloj despertador comienza a sonar. Mario se levanta de inmediato.

—Hola, corazón. Buenos días. ¿Dormiste bien?

Ella voltea a verlo con cara de pocos amigos, su voz denota enfado:

—No Mario, no dormí bien; es más, no dormí nada en toda la noche. —Al escucharla él se encamina a ella, quien, recargada en la cabecera con el cobertor cubriéndole desde la cintura hasta los pies, continúa hablando—: Las consecuencias de tus acciones no me dejaron dormir.

Él besa su frente, toma sus manos entre las suyas, las besa y agrega:

—¿Por qué?

Ella lo aleja, se levanta, viste la bata, calza sus pantuflas.

—¿Preguntas por qué no pude dormir? Porque mil ideas estuvieron revoloteando en mí cabeza. No creo que tu encuentro con Ana haya sido tan simple, de un momento fugaz. Si tú no le insinuaste nada, entonces ¿por qué creyó que podía venir para acá, dejó casa, familia, trabajo…? —Guarda silencio un instante—. ¿Qué le dijiste, Mario? ¿Por qué viajó hasta acá?

Él no contesta, deja que pasen los segundos pensando en las respuestas satisfactorias, convincentes que debe dar, no desea ahondar más en la situación complicada que está viviendo, mucho menos desea romper la relación estable que tiene:

—No hables. Te alteras. ¿Para qué te preocupas de cosas irrelevantes?

—¿Irrelevantes? Llegas de buenas a primeras con un hijo.

—No sabía de su existencia.

—De acuerdo. Jamás me dijiste que su mamá estaba aquí, que estaba presa.

—Es que… no quería causarte molestias o disgustos. Mírate, estás sumamente alterada.

—No es para menos. ¿Qué harías tú si estuvieras en mi lugar?

Mario calla; de verdad no sabe qué hacer. Si dice la verdad, su relación se romperá. Si continúa diciendo verdades a medias o mentiras llegará el momento en que no sabrá qué decir, la verdad saldrá a luz tarde o temprano. De todos modos tendrá que pagar las consecuencias. Se da cuenta de que no ha tomado las mejores decisiones en los últimos meses, aun así trata de suavizar la situación.

—Te prometo que hoy en la tarde hablaremos con toda calma de lo que quieras; en este momento, ni tú ni yo estamos en condiciones de continuar el tema, los dos vamos a realizar nuestras actividades. ¿Aceptas?

Ella, no muy conforme, contesta:

—Está bien, hablaremos en la tarde.

Él intenta apaciguar la tormenta que se viene encima, la ciñe a su cintura y menciona:

—Ven. Dame un beso.

Ella accede, aunque no de muy buen grado. Cuando contesta la caricia siente un ligero jalón en su bata. Ella se desprende de la boca de su marido, baja la vista al costado izquierdo y ve que se trata de…

—¡Emilio! ¿Qué haces levantado tan temprano? Hoy es sábado. ¿Recuerdas?

El niño les sonríe:

—Me desperté cuando los escuché hablar.

Mario agrega:

—¡Hola, hijo! Buenos días.

—Buenos días, papi.

Natally le toma la manita; juntos salen de la habitación y se dirigen al baño.

—Ven, vamos a bañarte para que estés fresco todo el día.

—Sí. —Los dos se pierden detrás de la puerta. Mario va a la cocina, ha aprendido a hacer el desayuno, a preparar el jugo de naranja o zanahoria, también el café; a lo lejos escucha la voz de su esposa:

—¡Listo, ya puedes usar el baño!

—Está bien —es la respuesta de Mario al tiempo que apaga la estufa y la cafetera, y se dirige al baño para asearse también.

En la habitación de Emilio, Natally lo viste; mientras lo hace, el niño habla:

—Natally.

—Sí.

—¿No te enojas si te digo algo?

—No, no enojo. Dime.

—Extraño mucho a mi mamá. Quiero que esté ella conmigo.

—Sé que la extrañas. Recuerda que está enferma y no puede venir por ti.

—¿Qué tiene mi mamá? ¿Por qué no puedo estar con ella? ¿Se va a aliviar pronto? —No sé qué tiene tu mamá, sólo sé que está muy enferma, no puede estar contigo por ahora.

—Recuerdo que en mi casa había una señora que me cuidaba mientras mi mamá estaba trabajando, no me acuerdo de su nombre. ¿Por qué no estamos en mi casa y que la señora cuide también a mi mami?

La joven calla, no sabe qué contestar, pero agrega:

—Esa decisión la tomó tu mamá, sólo ella sabe por qué no están en México.

Una vez que el niño está vestido, los dos van al comedor. Emilio toma su lugar de costumbre. Natally sirve, coloca los alimentos preparados por su esposo en la mesa; los dos comienzan a ingerirlos. Poco después, Mario se les une.

—Ya llegué. Ya estoy aquí.

Natally toma la palabra:

—Al rato voy al centro comercial ¿Necesitas algo de allí?

—No. Gracias. Bueno, sí. —Voltea a ver a su hijo, le guiñe y vuelve a hablar—: ¿Qué tal un cono pequeño de helado?

Al escucharlo, Emilio se atraganta para poder decir:

—¡Sí! ¡Que sea de chocolate!

Su padre reafirma lo que el niño menciona:

—Un cono de helado de chocolate, por favor.

Una vez finalizado el desayuno, Mario da un beso rápido a su mujer y a su hijo, toma su portafolios, parte a su trabajo. Por su parte, Natally se viste rápidamente con unos *jeans*, una playera azul cielo, unos tenis azul marino. Emilio está sentado todavía en el comedor terminando de desayunar. Desde su alcoba, Natally dice:

—Emilio, ¡vamos al centro comercial a surtir la despensa!

El niño hace una pregunta como respuesta:

—¿Puedo ir a la casa de Bruno? Recuerda que su mamá ayer en la fiesta te preguntó si podías llevarme.

La joven guarda silencio; luego agrega:

—Tienes razón. ¿Vas a llevar algo?

—Sólo algunos juguetes.

—Entonces ve por ellos. —El pequeño corre a su habitación, busca debajo de su cama un álbum de jugadores de futbol; en el clóset, un balón. Los guarda en una mochila. Con su mochila puesta en su espalda, sale a esperar en la puerta de la entrada a la mujer que ha suplido a su progenitora; ella, al verlo, pregunta—: ¿No olvidas nada?

El niño voltea a ver su mochila:

—No.

—Está bien. Vámonos. —Ella toma su bolsa de mano, revisa rápidamente que lleve lo indispensable mientras el niño dice:

—Vámonos.

Ambos se dirigen al auto compacto de ella. El niño sube a la parte trasera. Ella abrocha el cinturón de seguridad. Luego la mujer aborda su automóvil y enfila a una avenida más transitada. Pasan algunos minutos de viaje antes de arribar al domicilio donde el chiquitín permanecerá algunas horas. Al llegar, Natally estaciona su auto brevemente en la acera, baja, desabrocha el cinturón; le ayuda a Emilio a bajar del vehículo y lo acompaña hasta la puerta de entrada. Ella toca el timbre. Una mujer abre el acceso. Al verlos, los saluda cortésmente:

—Buenos días, Emilio Señora,

—Buenos días —contesta Natally. Dirigiéndose al niño menciona—: Adiós, Emilio. Pórtate bien. Al rato regreso.

—Adiós, Natally.

Inmediatamente después, ella arranca su vehículo. Mientras conduce, piensa: "Si no lo hago hoy que estoy decidida, después dejaré pasar los días y, finalmente, no lo haré. Tiene que ser hoy".

¿Qué está pasando por la mente de la joven mujer? ¿Cuál es la razón de sus dudas? ¿Qué cosa es tan importante que tiene que realizar hoy que no pueda esperar otro día?

Continúa conduciendo por calles y avenidas poco conocidas. Al irse adentrando más en la zona, las casas habitacionales poco a poco van disminuyendo para finalmente quedar a lo lejos un gran edificio gris. Con toda premeditación ha llegado... ¡al recluscrio femenil! Ella quiere respuestas, respuestas que le satisfagan. Su esposo la ha tratado de ingenua. Pero no más. Aunque las respuestas vengan de la persona que desde antes de conocerla ha sido rival, no cesará hasta descubrir la verdad de todo el embrollo.

Al acercarse más al lugar, observa que hay un edificio en medio de un terreno llano; sus muros miden por lo menos siete metros de altura, no tienen ventanas y sólo son accesibles por una reja grande del mismo color del inmueble, que está rodeado por una malla de la misma altura de la edificación, que Ana supone que es la entrada principal. Ella busca, pero no ve ningún espacio para estacionarse, vehículos de varias marcas y colores ocupan los lugares que hay disponibles; sabe que no es prudente dejar su unidad estacionada en doble fila porque no sabe cuánto tiempo estará en ese lugar, como tampoco sabe si será atendida; peor aún, no sabe si se le permitirá acceder al interior. Es la primera vez que está tan cerca de este tipo de recinto. No sabe el protocolo que tiene que seguir. Nadie en su familia o conocido había tenido que estar ahí, así que no sabe qué hacer. "Bueno, estoy aquí. La cuestión ahora es: ¿me voy?, ¿me quedo? ¿Qué hago? Dios, ayúdame". Su pensamiento trabaja al mil por segundo.

Las respuestas no son tan claras como ella quisiera Da vueltas alrededor del amplio estacionamiento: una, dos, tres veces. La desesperación se apodera de su mente: "Voy a esperar unos minutos más. Si nadie se va y me deja estacionar me voy y regreso otro día".

Natally apaga su auto. saca el celular de su bolso de mano, checa que tiene varias llamadas perdidas. Verifica. Ve que el timbre no sonó porque está en modo de vibración. Observa la hora. "¡Las diez y media! No creí que fuera tan tarde". Abre las notificaciones que le han llegado. Mira con detenimiento una que ha llamado su atención. Es de Mario. Dice "¡URGENTE!". "¿Qué habrá pasado?". La incertidumbre se apodera de ella. Abre la notificación, lee con detenimiento: "Urge que me traigas un fólder que olvidé, debe estar en una de las mesitas de la sala". Al terminar de leerlo, decide llamar por teléfono a su esposo:

—Hola —dice ella—. Disculpa que te llame.

—¿Estás en casa? Necesito los documentos que olvidé.

Ella:

—¿Ahorita?

—Sí, los necesito con urgencia, de otro modo yo iría por ellos, pero el tiempo es importante.

—Todavía estoy en el centro comercial; si es importante, vendré otro día. ¿Dónde dices que están?

—Deben estar en alguna de las mesitas junto a los sillones.

—Está bien, en un rato te los llevo.

—Gracias, amor. Te debo una.

Luego de colgar, Natally enciende nuevamente su automóvil. Comienza a conducir de regreso a su casa. El destino ha impedido que por esta ocasión ella se enfrente cara a cara con la sombra del pasado de su esposo, sombra que se ha ido apoderando de su familia y su tranquilidad.

Cuando llega al edificio donde trabaja Mario, se dirige inmediatamente al mostrador del guardia de seguridad; da sus datos y el motivo de su presencia. El oficial le entrega un gafete de visitante. Ella emprende su caminar al piso donde se encuentra la oficina de su marido. Al llegar y verla, la secretaria particular de su esposo se levanta de su escritorio y la conduce a la entrada del despacho mientras dice:

—Pase, el licenciado Villanueva la está esperando.

Natally, amablemente, contesta:

—Gracias. —Ambas mujeres caminan unos pasos, la secretaria llama a la puerta, la abre.

—Licenciado, su esposa está aquí.

Desde dentro Natally escucha la voz de su marido.

—Gracias. Que pase, por favor.

La joven esposa entra extendiendo una carpeta con documentos y menciona:

—Hola, Mario, aquí están los documentos que solicitaste.

Él se levanta, se aproxima a su mujer y toma el fólder; sin verlo lo pone sobre su escritorio.

Ella, al ver la reacción desinteresada, pregunta:

—¿Que no eran muy importantes? —Él, sin contestar, la jala suavemente de la mano, la atrae hacia él, le rodea la cintura con ambos brazos, la besa; ella corresponde, luego delicadamente se suelta de la prisión amorosa de las manos del ser amado y vuelve a cuestionar—: ¿Por qué me pediste que trajera estos documentos con urgencia?

—Porque de no pedírtelo así no hubieras querido venir.

—¿Y para qué querías que viniera?

—En la mañana estabas muy molesta, quiero compensarte un poco tu malestar.

—Mario, este no es el lugar para hablar de temas personales.

—Lo sé, por lo mismo te pedí que vinieras urgentemente. Chequé mi agenda. Vi que los asuntos pendientes de hoy los puedo arreglar el lunes temprano, ahorita nos vamos a algún lado a comer tú y yo. ¿Qué te parece?

—Una comida no soluciona el problema.

—Tienes toda la razón, pero hoy vámonos; olvidémonos de las responsabilidades por el resto del día. ¿Estás de acuerdo?

Ella calla. La inesperada reacción de su marido la ha dejado un poco intrigada, entones dice:

—Está bien. Vamos a comer.

—¡Perfecto!

Él, tomándole la mano sin decir más, sale con ella al pasillo y pregunta a la secretaria:

—Señorita, no hay ningún asunto urgente, ¿verdad?

Ella contesta:

—No, licenciado.

—Entonces me voy.

La secretaria menciona cortésmente:

—Que disfrute el día, licenciado.

—Hasta el lunes.

Los esposos caminan, avanzan lo necesario hasta llegar al estacionamiento; una vez ahí, Natally cuestiona:

—¿Qué vamos a hacer con dos vehículos?

Él, sonriendo, contesta:

—También pensé en eso. Nos vamos en tu unidad, por la tarde uno de los choferes llevará mi auto a casa.

—Está bien. ¿Conduces tú o lo hago yo?

—Hazlo tú. Hoy soy tu invitado.

Al escucharlo, Natally ríe; él la abraza y besa como si los dos estuvieran haciendo una travesura. Natally nuevamente pregunta:

—¿A dónde vamos?

Mario sonriendo contesta:

—Al restaurante que está cerca del lago.

Ella enciende su auto compacto. Enfilan al bulevar que los llevará al sitio mencionado. Los esposos entablan una conversación sin importancia y bromean sobre la pericia de la conductora. Sorpresivamente, el celular de Mario comienza a vibrar primero, luego a timbrar. Los dos se miran. Ella decide estacionar el auto para que él pueda tomar la llamada sin interrupciones o pérdida de la misma. Mario baja del vehículo para contestar.

—Sí, soy yo. —Alcanza a escuchar ella antes de que él se aleje. Pasan algunos segundos. Ella enciende la radio, es una canción conocida de moda. Natally se une haciendo coro a la melodía, deja de cantarla al ver el rostro pálido de su marido, que ha regresado. La mira de una manera que ella no conocía. La expresión de su cara es de asombro, de incertidumbre al mismo tiempo. Ella apaga el estéreo y pregunta:

—¿Qué pasa? ¿Te puedo ayudar? ¿Le paso algo a Emilio?

Él tartamudea por la sorpresa de la noticia recibida:

—Nnno… No se trata de… de Emilio.

Ella vuelve a cuestionar ahora más intrigada que al principio:

—Entonces, ¿qué pasa? ¿Se trata de tu trabajo?

Mil ideas pasan por la mente de él. Está indeciso en comunicarle o no la novedad que acaba de recibir.

—Eh… Es… Es… un asunto del trabajo, sí… Sí… Eso es… Es del trabajo.

La respuesta y el titubeo de él no la convencen, por lo que Natally vuelve a insistir:

—Vamos, Mario, te conozco, sé que intentas esconder algo. Dime qué pasa.

Ahora es él el que voltea a verla. No puede ocultar su estado de ánimo; tampoco se atreve a decirle la verdad, de hacerlo la involucraría en un asunto penoso y hasta ilegal, por lo que la abraza y le da un tierno beso:

—Estoy pensando que puedo resolver este pequeño problemita el lunes a primera hora; por hoy disfrutemos de nuestra comida. Vamos, sigue conduciendo.

Ella sigue sin estar convencida, mas no insistirá. Si Mario no quiere comunicarle el problema, entonces ella no lo forzará. Natally enciende nuevamente el auto, retoma el camino. Mario enciende nuevamente la radio y comienza a cantar la melodía que en ese momento los dos escuchan. Natally también se une a la canción. Llegan al restaurante elegido. Los dos pasan una tarde increíble. Ambos recordaron la inusual forma de conocerse, la primera cita que tuvieron, el primer beso que se dieron.

Poco después, con Emilio en brazos, Mario abre la puerta de su hogar; los tres suben las escaleras. Él camina hasta la habitación de su hijo, lo deposita en la cama para que pueda seguir durmiendo. Ella entra a la recámara del matrimonio, se quita el calzado, va al baño, abre la llave de la regadera; mientras espera a que salga el agua a la temperatura deseada, se despoja de las prendas que lleva puestas. Verifica el calor del chorro de agua, se introduce en él, destapa el champú, vacía un poco en la palma de su mano, comienza a lavarse el pelo. Siente las manos varoniles que le toman por el cuello, por toda la espalda, que comienzan a acariciarla; después pierde todo sentido del tiempo y el espacio, sacia junto con su esposo la vorágine de pasión.

Son las dos de la madrugada, y Mario aún no consigue conciliar el sueño. Son demasiados pensamientos los que no le permiten dormir. Natally está recostada en el regazo de su hombre, quien, con cuidado, retira la cabeza de ella, sale de la cama lo más sigilosamente posible para no despertarla, va a la ventana, abre un poco la cortina; su mirada se pierde en el cielo lleno de puntitos brillantes. La luna ilumina el panorama nocturno. "¿Qué hago? —piensa él— ¿Por qué están sucediendo estos desagradables acontecimientos? Primero la aprehensión de Ana; ahora esto". ¿Qué situación es tan escabrosa que tiene a Mario en tal dilema? ¿Tan grave es que hasta le ha quitado el sueño? ¿Por qué no ha querido decirle a Natally? ¿Es tan difícil la situación que no quiere compartirla con ella? La vaga mirada de él indica que su mente está muy muy lejos. Se queda allí, sin moverse, viendo el infinito y tratando de encontrar en el centellar de las estrellas la solución a su problema. Deja pasar los minutos, minutos que se vuelven horas.

Natally se mueve en la cama. Al no sentir la calidez del cuerpo de su esposo, abre los ojos, lo busca con la mirada, lo ve unos momentos; es la primera vez desde que viven juntos que Mario no duerme. Eso la inquieta. Se levanta, llega hasta donde está él, lo abraza por la espalda, pasa sus manos por entre sus brazos, besa con ternura su espalda y le habla:

—¿Qué pasa? ¿Por qué no estás durmiendo?

Él siente el abrazo, le toma las manos, las besa sin voltear y contesta:

—No quiero molestarte con mis problemas, son cosas del trabajo.

La repuesta no la satisface, por lo que insiste:

—Es la primera vez desde que nos casamos que no puedes dormir. Vamos, Mario, mírame, confía en mí, dime qué pasa.

Él obedece, da media vuelta, la ve directamente a los ojos… ¿Cómo mentirle? ¿Qué decirle para que ella no se preocupe? Por breves instantes está a punto de confesarle el motivo de su desvelo. En el último momento reacciona, contesta lo más serenamente posible:

—De verdad, no es nada serio. Ven, vamos dormir. —Sutilmente la dirige de nuevo a la cama. Pasa las mantas por sus cuerpos. La abraza acurrucándola entre sus brazos y cierra los ojos. Por fin puede conciliar el sueño.

Los días siguientes son rutinarios tanto en el trabajo como en casa, como si nada hubiera interrumpido la tranquilidad de sus vidas. Los esposos han olvidado los últimos acontecimientos: están disfrutando nuevamente la vida hogareña junto con su hijo. Una mañana de domingo, cuando los tres están en un parque cercano, el timbre del celular de Mario comienza a timbrar:

"¡Ring! ¡Ring! ¡Ring!".

Mario y Emilio juegan futbol en ese momento. El pequeño le pasa el balón a su padre, quien lo detiene con la punta del pie para contestar la llamada:

— Sí —dice él alejándose un poco de su hijo.

Natally, sentada en el pasto junto a unos arbustos, ve a lo lejos lo que su marido hace: él sube y baja las manos. Ella no alcanza a escuchar la conversación. Lo que viene después le indica que es algo grave, fuera del control de su esposo, porque repentinamente Mario arroja el celular al suelo rompiéndolo en pedazos. Ella se levanta y corre a donde está Emilio que, al ver la reacción furibunda de su padre, abre desmesuradamente sus ojitos: a punto de llorar cubre primero sus oídos, luego sus ojos. Natally, presurosa, se acerca al niño, se arrodilla, lo abraza para tranquilizarlo.

—Ven, cariño. No pasa nada. Todo está bien.

El niño, con lágrimas en los ojos, pregunta:

—¿Por qué se enojó papá? ¿Hice algo malo?

Ella lo alienta, lo besa en la frente:

—No, amor, tú no hiciste nada malo; papá recibió una llamada de su trabajo.

Hasta ese momento Mario voltea, ve a su esposa y a su hijo, alcanza a escuchar el comentario de su mujer; se acerca a ambos, se arrodilla, abraza también al niño e intenta consolarlo, justificar su reacción.

—Natally tiene razón, hijo, acabo de recibir una llamada del trabajo.

El niño cuestiona sin comprender:

—¿Por qué te enojaste?

Hasta ese momento, Mario dimensiona la gravedad de la situación, y no desea comprometer a su familia en la consecuencia de sus actos. Como si no sucediera nada pasa su mano entre los cabellos de la cabeza de su hijo, los alborota y guiñándole le dice:

—No tiene importancia. Mañana resolveré este problemita que se presentó. Continuemos jugando.

Así, como si nada hubiera ocurrido, padre e hijo siguen disfrutando del juego que interrumpieron. Natally, por su parte, regresa junto a los arbustos; no muy convencida de la respuesta de su esposo abre una canastita, saca una roja manzana, con un pequeño cuchillo comienza a cortar pedazos de fruta, que se lleva a la boca, más por inercia que por hambre. Mientras come piensa: "¿Qué está ocurriendo? Mario lleva días con una actitud muy sospechosa. ¿Qué hago? ¿Lo enfrento y pregunto o espero a que él que me diga qué ocurre? ¿Estará viendo a esa mujer? Hmm… Tal vez sí la esté viendo en el reclusorio. Comenzaré a investigar. Sé que no debo hacerlo. Quizá descubra que no me agrada. ¿Qué es mejor: vivir con la incertidumbre de no saber qué sucede o indagar ateniéndome a las consecuencias?".

Los días siguientes son de aparente calma y rutina en la familia de Mario; sin embargo, Natally observa con cuidado todo, absolutamente todo lo que su marido hace: a excepción de las llamadas telefónicas sospechosas que él recibe poniéndolo nervioso, no hay más detalles fuera de lo normal ¿Por qué el nerviosismo de su esposo al contestar las llamadas misteriosas? ¿Quién realiza esas llamadas? ¿Será ella? ¿Será el abogado de ella? Esa tarde, armada de valor, Natally enfrenta a Mario:

—Y bien —menciona ella.

Él deja de leer, la mira con ojos suspicaces.

—Bien… ¿Qué? ¿Qué ocurre, Natally?

Ella trata de conservar la calma. Con voz suave, para que Emilio no escuche, pregunta:

—¿Qué es lo que está pasando? Hace días que estás sumamente inquieto. He notado que te llaman por teléfono y contestas muy nervioso.

Él, sin darle importancia, señala:

—No es nada. Es… un nuevo proyecto, tengo toda la responsabilidad.

Ella lo ve fijamente, quiere escudriñar hasta el mínimo de los músculos faciales de su esposo. Mario reacciona a ese estudio meticuloso desviando la mirada.

—Mmm... No creo que el problema sea tu trabajo, otras veces has tenido la misma responsabilidad, y nunca te había visto así.

—De verdad, amor, no te preocupes; en unos días mis obligaciones sobre este asunto se habrán acabado. Por ahora vamos al parque para que Emilio se distraiga un rato.

—¿Ahora? Es muy tarde.

Mario checa el reloj del celular.

—Tienes razón, lo que pasa es que mañana será un día muy ajetreado para mí, no sé a qué hora voy a poder regresar.

—Será otro día entonces, cuando estés menos estresado, con el tiempo suficiente para que nos lleves al museo.

—¿Museo? ¿No crees que Emilio es pequeño para entender las obras de arte que hay en el museo? —cuestiona él mientras los dos caminan a la cocina y comienzan a preparar la cena.

—Sí, al museo. Emilio tiene una tarea referente a las pinturas de los niños de ojos grandes y precisamente hay una exposición en estos días.

La cena continúa como de costumbre.

A media mañana, Mario recibe una llamada tan inquietante como las anteriores; checa el número comprobando que se trata del mismo con el que se han estado comunicando con él, así que no duda en contestar:

—Sí.

Del otro lado de la línea, una voz varonil, ronca, poco audible, menciona:

—Licenciado, es un gusto volver a saludarlo.

Mario no reprime su malestar, habla enérgicamente:

—¡Le dije con anterioridad que no tengo nada que hablar con usted!

—Y yo le digo nuevamente que tendrá que hacer lo que le ordeno. Le recuerdo que no llame a la policía, de otra manera su mujer y su hijo pagarán por su error. Es la última advertencia. ¿Escuchó, licenciado?

Pasan unos segundos antes de que Mario vuelva a tomar la palabra. Al oír que sus dos seres más queridos pueden salir lastimados cambia el tono de su respuesta:

—Sí escuché. Lo que no sé es de qué manera pueda ayudarle.

—Fácil, licenciado. Preste atención. No lo repetiré otra vez. Le llevaremos a las bodega de la empresa algunas cajas con mercancía, usted las registrará y las enviará a los domicilios que le indiquemos.

—Ese no es mi trabajo, nunca he realizado esa actividad. ¿Cómo voy a hacerlo?

—Usted verá la manera de poder ingresar esas cajas como mercancía proveniente de los lugares que ustedes manejan.

—¿Y si no puedo?

—Tendrá que ingeniárselas. Sabe perfectamente lo que puede ocurrir. ¿Necesita una pequeña prueba de lo que somos capaces de hacer? No nos tiente, licenciado, tenemos gente que le gusta ver y hacer sufrir a los demás.

—Es que… los registros vienen directamente de la computadora de Aduana, no creo poder alterar los archivos.

—Le he dicho con anterioridad que usted debe saber o buscar la forma de hacerlo. ¿Está claro?

—Sí, perfectamente claro, aunque no veo cómo podré hacerlo.

—Encuentre rápido la manera… Tiene sólo unos días. Cuando la mercancía esté aquí me comunicaré nuevamente con usted.

—Pero… Oiga… Escuche… Yo…

El hombre ha cortado la comunicación dejando a Mario con un sinfín de preguntas, dudas e inquietudes. Lo primero que se le ocurre muy acertadamente es que se trata de contrabando de drogas. Sabe perfectamente que la persona que ingresa a la banda de contrabandistas no sale de ahí, a menos que vaya a la cárcel o resulte ¡muerto!

Mario está solo en su oficina y se atreve a mencionar en voz alta:

—¿Quién le diría mi nombre y la información de mi familia? ¿Por qué me eligió a mí? ¿Y si hablo a la policía? De verdad, ¿estaremos vigilados? ¿Qué hago? No deseo exponerlos, tampoco debo arriesgar mi trabajo o mi estabilidad emocional o económica. ¡Dios! ¡Nunca había estado en un dilema como este! Mi prudencia me dice que no lo haga, pero mi raciocinio dice que sí. ¿Qué hago? ¿Con quién tengo que hablar para que agregue las cajas al inventario? No es tan sencillo aparecer una mercancía donde antes no estaba. Piensa, Mario, piensa…

Por unos momentos, el muchacho guarda silencio; su mente es un caos. Levantándose de su sillón se dirige a la puerta, la abre para cerciorarse de que no venga ninguno de los ejecutivos o compañeros de trabajo. Vuelve a cerrarla. Su secretaria observa su acción; extrañada, le marca por el intercomunicador:

—Licenciado, ¿puedo ayudarle en algo?

Mario, presuroso, contesta:

—No, señorita. Gracias.

Ella sube y baja los hombros, hace una mueca de desenfado, continúa trabajando. Dentro, él es un mar de nervios. El sudor comienza a empapar su car y la palma de sus manos, señal inminente de su estado de ánimo. Teclea una clave en una página de su computadora; se abre una serie de datos. Empieza a leerlos:

—Vamos a ver… Mmm… Tal vez por aquí se pueda.

Sigue leyendo. Anota en una hoja de su agenda varias combinaciones de números. Enseguida retoma la información e intenta borrar una cifra añadiendo otra en su lugar. El cursor no se mueve e inmediatamente aparece la siguiente leyenda: "La información está protegida, contacte a la Agencia Aduanal".

—¡Me lleva!... No..., no va a ser tan sencillo.

Cierra la página e intenta con varias diferentes. Nada. El resultado es el mismo.

—No puedo borrar o agregar nada, la información que me envían es para que sepa las cifras, nombres y datos de las empresas con las que la compañía tiene tratos comerciales, pero nada más.

Deja la computadora. Recarga todo su peso en el respaldo de su mullido sillón, da media vuelta, camina al amplio ventanal, abre la cortina. Por varios minutos pierde la mirada en el horizonte y medita: "Nunca había tenido la necesidad de ser deshonesto, siempre me conduje correctamente; eso me enseñaron en casa. El trabajo, la responsabilidad y la perseverancia fueron mis guías. Ahora tengo que romper con la buena educación que me enseñaron mis padres, mi familia, mis maestros. ¡Diablos! No tengo la mínima idea de cómo le voy a hacer para resolver esta desagradable situación. No soy experto en el manejo de los programas o aplicaciones. Hay tantas de ellas… Ese no es mi trabajo".

La voz de su secretaria que habla a través del intercomunicador lo saca de sus reflexiones:

—Licenciado, el señor Campos de la oficina de México está al teléfono.

Mario esboza una leve sonrisa al escuchar el nombre.

—Pase la llamada a mi teléfono, por favor.

Inmediatamente, Mario descuelga el aparato y saluda con entusiasmo:

—¡Hola, señor Campos! ¿Cómo está usted?

Mario presta atención a su interlocutor.

—¡Muy bien, Mario! Usted, ¿cómo está? Su familia, ¿todos están bien?

—Todos estamos bien. Gracias. Dígame a qué debo el honor de su llamada.

—Primero, para felicitarlo.

—Felicitarme, ¿por qué?

—Como recordará, cada año se designa al mejor ejecutivo de la empresa. Este año, la selección se llevó a cabo la semana pasada: de entre todos los mencionados, usted fue el triunfador. ¡Felicidades!

Mario, asombrado, cuestiona:

—¿Gané? De entre todos los ejecutivos de las diferentes empresas, ¿fui el mejor? —Este año, sí.

—¿Qué gané si no es mucha la indiscreción?

—El premio es un viaje todo pagado por una semana.

—Una semana.

—Así es, una semana completa con boletos de avión, hospedaje y alimentos. Le recuerdo que nuestra empresa se ha distinguido porque, desde los ejecutivos hasta el más humilde de los empleados, todos trabajan arduamente, pero también tienen sus compensaciones. Ya ve, ahora le tocó a usted ser el afortunado.

—¿En qué se basaron para designarme con tan alta distinción?

—Su trabajo, Mario, sólo su trabajo. No sé si se deba a que ahora tiene una familia por la cual luchar, pero el esmero que ha puesto a cada actividad encomendada se nota, ha dado frutos.

—Muchas gracias. El viaje, ¿a dónde es?

—¡Ese es el otro premio!

—¿Por qué?

—Porque los ganadores escogen el lugar de acuerdo con sus necesidades. Supongo que usted elegirá viajar a México. ¿Me equivoco?

Mario, de momento, no sabe qué contestar. Titubea antes de dar su respuesta:

—Eh… No sé… Es para mí una gran sorpresa. ¿Tengo que darle mi respuesta inmediatamente?

El señor Campos, sorprendido, comenta:

—Pensamos que usted querría viajar allá para visitar a sus padres. ¿Cuánto tiempo hace que no los ve?

—Varios años.

—¿Ya ve? No me equivoco. Me sorprende el poco entusiasmo que noto en usted. Ciertamente la respuesta no me la tiene que dar en este instante. Piénselo. Platique con su esposa. Después le llamo. ¿Está bien?

—Me parece perfecto. Gracias por avisarme.

—Piénselo bien, luego le vuelvo a llamar.

—De acuerdo. Gracias nuevamente.

Mario queda muy pensativo. En otra circunstancia, la noticia hubiera sido fenomenal; en ese momento, no. ¿Cómo alejarse y dejar sola a Ana en prisión? Hacía más de un año que estaba recluida… Ahora, el problema del contrabando, sí que es todo un dilema. Nuevamente, queda sumido en sus reflexiones: "¡Me lleva!". Es lo primero que se le viene a la mente, así que habla para sí otra vez:

—¿Por qué está pasando esto? ¿Por qué quieren obligarme a que contrabandee no sé qué cosa? Ahora, este premio. —Su cerebro trabaja rápidamente—. Y… Si… acepto, me voy de viaje a México… Tal vez… Sí… Tal vez podría escapar de la banda de delincuentes que en este momento me tiene en sus manos ¡Esa quizá sea la solución! Estando en México puedo contactar en persona al señor Campos o al señor Saldívar; probablemente si les expongo la problemática en la que me encuentro entre los tres encontremos la solución. —La emoción de hacía unos segundos se apaga de golpe—. ¡No puedo abandonar a Ana! ¿Qué clase de hombre sería? Ella me siguió hasta el otro lado del mundo. ¿Qué haría si se enterara de que me marché dejándola a su suerte en un país donde nadie la conoce, donde no hay quién se preocupe por ella? —Desesperado, se levanta nuevamente de su sillón y como león enjaulado comienza a caminar de un lado a otro. Abre y cierra los puños. Corre las persianas y el ventanal de par en par. Sale al balcón a tomar aire fresco. Recargándose en el barandal busca una solución a su problemática. La idea del viaje no le parece tan descabellada, pero no es capaz de renunciar a la mujer que en otro tiempo le entregó su corazón—. Ni hablar, por primera vez en mi vida tendré que jugar bajo los términos de alguien más, aunque sea por única ocasión. Así lo haré saber.

Esa noche, Mario tampoco puede conciliar el sueño, pasa la mayor parte meditando lo que va o no a hacer, los pros y los contras de las posibles acciones que puede realizar. Al día siguiente, lo primero que hace al llegar a la oficina es checar el horario de Alemania y México, para poder comunicarse a una hora prudente con el señor Campos. Una vez que tiene la información, realiza la llamada en el tiempo señalado. Como siempre, el señor Campos contesta con la alegría que lo caracteriza:

—¡Hola! ¿Cómo está usted? ¿Meditó lo que va a hacer? —el jefe inmediato pregunta sin preámbulos: va directamente al grano imaginando que es el único motivo por el cual Mario se comunica.

—Hola, señor Campos, efectivamente pensé lo que quiero hacer; lo que voy a comentarle es muy delicado, sé que no debo decírselo por teléfono, pero en mis circunstancias créame que no me queda más remedio. Si existiera la mínima posibilidad de que alguien más pudiera ayudarme le juro que no lo molestaría.

El hombre al otro lado de la línea escucha con atención e intriga:

—Mario, me está usted poniendo nervioso con lo que está diciendo. Si realmente es delicado lo que desea comunicarme, entonces hágalo. Si esperar es contraproducente, no dude, diga en qué puedo ayudarlo.

A Mario no le queda más alternativa que confesar lo que ha estado viviendo en los últimos días. Su interlocutor guarda silencio para enterarse a detalle de lo que le está sucediendo a su subordinado. Tras poner atención menciona:

—¿Cómo podemos ayudarlo? ¿Usted tiene alguna idea? Expóngala, es muy arriesgado que usted solo pueda darle la mejor solución sin que usted o su familia salgan lastimados. Me comunicaré con los señores Saldívar, entre todos creo que le podremos dar solución. —El muchacho plantea una serie de actividades, a lo que su oyente cuestiona—: Lo que usted me comunica es realmente increíble. No dudo de su palabra, pero será mejor si describe a detalle lo que se realizará. —Luego asienta con frases realmente cortas lo que el muchacho sugiere—: Sí... Ajá... Me parece bien... Sí creo que funcionará... Mmm... Sí... Está bien... Sí... Nosotros nos encargamos... Sí... Sí...Bueno... Sí... Me comunico con usted nuevamente mañana por la noche cuando tenga la respuesta de los señores Saldívar... Sí... Hasta mañana entonces... Sí. Adiós.

Mario escucha el clic que corta la llamada. Suspira recargando el peso de su cuerpo en el respaldo y piensa con entusiasmo: "¡Si todo sale como lo planeamos mi vida volverá a la normalidad muy pronto!".

Dos días después por la tarde, en teleconferencia, a puerta cerrada, Mario, el señor Campos y los señores Saldívar planean minuciosamente las estrategias que el joven debe llevar a cabo para que él, su familia y Ana queden fuera del alcance de la banda de delincuentes. Luego de varias horas y hasta bien entrada la noche, los tres dan por finalizada la charla y Mario asienta:

—Entonces, así se hará.

El señor Campos afirma:

—Sí, no hay otra manera, confiemos que todo salga según lo planeado.

Acertadamente, el señor Saldívar menciona:

—Apégate a las instrucciones, verás que todo sale bien.

Mario finaliza diciendo:

—Así lo haré. Gracias por ayudarme. Pensé que, al no haber otra solución, tendría que incorporarme a la banda de delincuentes y tarde o temprano pagaría las consecuencias.

Uno de los jefes menciona:

—Gracias a ti por confiar en nosotros.

El otro hombre asevera:

—¡Buena suerte, Mario! Nos hablas para que nos tengas al tanto de lo que va ocurriendo.

Al día siguiente por la mañana, Mario recibe la llamada del hombre misterioso; su voz ronca siempre le ha infundido temor, pero no teme por él. En otros tiempos se habría armado de valor y habría enfrentado a todos los malhechores que se interpusieran en su camino; ahora está su familia de por medio, es por ellos por quienes ha sido lo más prudente y cauteloso que puede. Sabiendo que no está solo, que cuenta con el apoyo de sus superiores, con determinación contesta:

—Diga. ¿En qué puedo ayudarle?

Del otro lado de la línea, responden con tono agresivo:

—¡Soy yo, licenciado! ¡Espero que tenga preparado el "encargo"!

—Créame que no fue nada sencillo, tuve que usar mis influencias sin parecer sospechoso. Sí, está listo.

—No necesito sus explicaciones, me alegra escuchar que logró su cometido, de lo contrario su familia pagaría las consecuencias.

—Tengo algunas dudas. ¿Puedo preguntarle algo?

Mario espera unos segundos en absoluto silencio, silencio que lo pone más nervioso de lo que su voz manifiesta. Luego el hombre responde:

—No estoy para conceder entrevistas. Mmm... Está bien. Pregunte. Sabré si deseo o no contestar.

El joven traga saliva antes de cuestionar:

—¿Por qué me escogió a mí? ¿Qué vio en mí para decidir que yo podría realizar lo que quiere que haga?

—Le diré lo siguiente: usted no fue seleccionado al azar.

—¿Alguien le habló de mí?

—Es todo lo que le voy a decir. Ahora escriba los detalles de la "mercancía" que tiene que registrar.

—Al menos merezco respuesta a mis dudas, después de todo soy yo quien se está arriesgando. —Mario no obtiene respuesta—. Está bien, deme los datos, estoy tomando nota.

—Es una caja de madera de aproximadamente un metro de ancho por metro y medio de largo. La etiqueta membretada dice "Cars and Engines". Estará llegando mañana a las diez y treinta.

—El muchacho redacta en una hoja en blanco lo que escucha. El interlocutor continúa dando instrucciones—: La resguardará por tres días, luego espere nuevas indicaciones.

—Oiga. Y si... Bueno... Ey, ¿hay alguien ahí?...

No hay más palabras del otro lado de la línea, lo único que Mario percibe es el sonido característico de la comunicación finalizada. Deja el lapicero a un lado de la hoja. Marca un número telefónico, espera y menciona:

—Soy yo... Sí... Hice contacto nuevamente. Tengo las órdenes. ¿Cómo va todo por allá?... Entonces continúo... Sí. —Otra vez escribe en la hoja a un lado de las indicaciones anteriores y termina diciendo—: Adiós.

Acto seguido abre una página en la web. En el espacio donde indica clave, teclea el número confidencial que acaba de recibir. En México, el señor Campos ha estado hablando a la embajada. Fue necesaria su comparecencia para hacer más presión. Tuvo que ver personalmente al embajador y ha logrado que estudien el caso de Ana y el supuesto tráfico de droga por parte de ella. No ha sido una tarea fácil por la burocracia en el seguimiento de todo el papeleo, así que el avance va lentamente progresando. También se ha rastreado el trayecto que tuvo su equipaje desde el momento que llegó al aeropuerto en la ciudad de México hasta cada uno de los puntos donde pudo haber sido introducida la droga.

Mientras tanto, el señor Saldívar ha viajado personalmente a Alemania, donde se ha presentado ante los altos mandos de la policía nacional; ha hablado con los dirigentes encargados de la Oficina Federal de Investigación Criminal BKA, juntos han estudiado y puesto en marcha un plan para atrapar a la banda de criminales que han contactado a Mario, quienes están haciendo todo lo posible para involucrarlo. Mario, los señores Campos y Saldívar, las embajadas mexicana y alemana y la BKA trabajan a marchas forzadas las veinticuatro horas al día para lograr detener lo más rápido posible a los delincuentes y, al mismo tiempo, mantener todo en silencio bajo la categoría de "secreto", es decir, que nadie más tenga o pueda abrir el expediente.

En Alemania Mario se presenta en el embarcadero. Es la primera vez que está ahí. El vigilante no lo conoce; se planta en la entrada y le habla:

—Buenos días. Su identificación, por favor.

Mario, extendiendo su carnet, menciona:

—Buenos días, aquí tiene.

El guardia cuestiona mientras escribe en una hoja en la tabla de anotaciones:

—Motivo de su visita.

—Estoy checando personalmente la llegada de un envío, es sumamente importante para la compañía.

—Usted llegó a las diez y quince de la mañana. Pase, por favor.

El centinela se retira, dando paso franco para que el muchacho avance. Antes de continuar, Mario pregunta:

—¿Dónde encuentro la mercancía que llegó hoy por la mañana? El vigilante responde:

—Siga de frente hasta llegar a la primera bodega, los nuevos embarques están al lado derecho.

—Gracias. —Mario conduce hasta el lugar indicado, estaciona su automóvil a un lado de la entrada, baja, entra, pregunta a dos empleados que siguen acomodando las cajas, unas arriba de otras—: Disculpe —dirigiéndose a uno de ellos—, buenos días, soy el licenciado Mario Villanueva, de la oficina central; necesito localizar un embarque que llegó hoy por la mañana.

El montacarguista lo escucha y frena el vehículo para no seguir avanzando.

—Buenos días, licenciado; la mercancía está aquí, es justamente la que estoy acomodando. Le sugiero que se dirija a la oficina al final de la bodega, allá le darán los detalles. —El empleado retoma su actividad. Mario enfila su andar a la oficina del lugar. Entra. Al ver a una secretaria, se dirige a ella:

—Buenos días, soy el licenciado Mario Villanueva, de la oficina central, necesito verificar una mercancía.

La chica que trabaja en esos momentos en la computadora suspende su actividad; al escucharlo, lo ve de arriba abajo y enseguida pregunta:

—Buenos días. ¿De la oficina central? Debe ser sumamente importante para que usted acuda aquí. ¿Cuál es el nombre del embarque?

Mario saca de su portafolio una hoja y lee "Cars and Engines".

Al escuchar el rótulo, ella exclama:

—¡Ah! La mercancía que alguien dejó afuera.

Mario pregunta asombrado:

—¿Afuera?

—Sí, cuando el vigilante se dio cuenta, la caja estaba a un lado de la caseta; él dice que nunca vio quién la trajo ni a qué hora. Es raro, nadie en su sano juicio abandona algo tan importante. ¿No cree usted?

—Tiene razón. ¿Cómo supieron que la compañía era su destino?

—Porque precisamente tiene escrita esta dirección además del nombre a quien está dirigida.

—¿Algún otro detalle?

—No. Es todo. Los encargados la pasaron. Ya está registrada.

—Señorita, esa mercancía va a estar aquí unos días, es muy delicada; agréguele al empaque que es muy frágil para que la manejen con cuidado.

—Permítame unos momentos mientras localizo su ubicación. Tome asiento, por favor, licenciado, no tardaré más de unos minutos. —La muchacha enfoca su atención en la computadora, teclea unos datos, luego habla nuevamente con Mario, quien está observando las maniobras que realizan los trabajadores de ahí—: Aquí está, licenciado. Estoy tecleando la palabra *frágil* con letras mayúsculas. Voy a imprimir y... Listo. Aquí está. —De la impresora salen unas hojas membretadas. La mujer toma el interfono y menciona el nombre de alguien.

Afuera los trabajadores escuchan lo que ella solicita. Pasan unos minutos, hasta que aparece en la puerta un jovencito de escasos veinte años vestido con un overol color caqui, quien cuestiona:

—¿Puedo servirle en algo?

Ella extiende las hojas y da las instrucciones precisas, las cuales son acatadas inmediatamente por el jovencito que se marcha presuroso y que, al detenerse en uno de los pasillos, lee las hojas.

Una vez que ubica la caja mencionada coloca sobre ella la hoja que dice "FRÁGIL".

Adentro de la oficina la secretaria pregunta:

—¿Es todo licenciado?

—Sí, es todo. Gracias. Fue un placer hablar con usted.

—El placer es mío, licenciado.

Mario da media vuelta mientras la chica retoma lo que estaba haciendo. Más tarde, en su oficina, Mario habla por teléfono con el señor Campos:

—Entonces, no hubo problema —asevera el hombre.

El muchacho afirmativamente menciona:

—No, el "paquete" está tal y como se indicó.

—En la bodega, ¿no sospechan nada?

—En absoluto.

—Bien, al parecer todo va viento en popa.

Mario se atreve a preguntar:

—¿Cómo va el asunto de Ana?

Su jefe guarda silencio unos segundos, luego retoma la palabra:

—Ha estado un poco difícil, sobre todo seguir la ruta de la maleta donde se introdujo la droga; eso hace algo complicado probar la inocencia de la susodicha. Están investigando la vida privada de la muchacha; al parecer, en México siempre se condujo con honestidad y responsabilidad. Hasta el momento no hay nada que pueda comprobar su culpabilidad, aunque le recuerdo que la burocracia mexicana es asunto aparte.

Mario sonríe al escuchar la breve reseña y agrega:

—Sabía, y se lo mencioné, que no creí que ella fuera capaz de cometer algún delito; desde que la conocí, hasta el día que nos despedimos su proceder siempre fue el de una persona honorable.

—Ahora lo que falta es que la exoneren de toda culpabilidad y me emitan el documento que indique su inocencia. Le soy sincero, usted lo sabe, va a ser un poco tardado. Una vez que lo tenga en mis manos, se lo enviaré al señor Saldívar, él procederá con la justicia alemana para que la pongan en libertad.

—¡Gracias, señor Campos! Usted y los señores Saldívar están resolviendo mis problemas, cosa que no deberían.

—Ni lo mencione, usted es muy valioso para la compañía. Si podemos ayudar, así lo haremos. Gente como usted merece eso y más. Hablando de trabajo, le informo que una vez que resuelva su problema estamos en la mejor disposición de darle el viaje al que ha sido merecedor.

—Después de todo lo que están haciendo, no creo poder aceptarlo.

—¿Por qué no? El premio lo tiene bien merecido.

—Me daría pena recibirlo. No, no puedo aceptarlo.

—Mire, vamos por partes: primero, resolvemos el inconveniente que tiene en este momento; después hablamos de lo demás. ¿Qué le parece?

—Está bien. Lo primero es lo primero.

—Lo dejo entonces. Hablamos en otro momento. Me dio gusto saludarlo.

—El gusto es para mí. Adiós.

Luego de colgar, Mario vuelve a las actividades rutinarias y olvida por unos días la inquietud que ha vivido en las últimas semanas. Una aparente tranquilidad vuelve a su vida. Esa noche duerme como nunca lo había hecho en muchas noches pasadas. Qué lejos está de la realidad, porque al día siguiente vuelve a recibir la llamada del hombre que le ha inspirado tanto temor, temor que le ha cambiado la vida por completo.

—¡Hola, lic! Espero no ser inoportuno.

Mario contesta más seguro sabiendo que en cualquier momento su situación se resolverá satisfactoriamente: ni él ni su familia ni Ana saldrán perjudicados:

—Buenos días.

—¿Recibió mi "encargo"?

—Así es.

—¿Está bien?

—Hasta el momento que lo dejé en la bodega estaba perfectamente.

—Me alegra escucharlo. Entonces le tengo buenas noticias.

—Diga. Lo escucho.

—Mañana a primera hora alguien pasará a la bodega a recoger la "mercancía".

—¿No la llevaremos nosotros?

—No es necesario. Alguien pasará por ella.

—¿Requiere que le expida algún documento?

—No lo creo, sólo deme el número con el que la pueden recoger.

—Muy bien, el código es cinco, veinticuatro, trece, catorce, G, M, nueve, Z.

—¡Bravo, licenciado! Parece que usted y yo tendremos muy buenas relaciones comerciales.

Mario hace una mueca de desagrado y añade con enfado:

—¡Entre usted y yo jamás habrá otro "intercambio comercial"! Jamás mencionó que serían más "paquetes".

—Vamos, licenciado, no se haga el inocente. Véalo de esta manera: usted nos ayuda y nosotros le ayudamos también. ¿Qué tal? ¿A poco no es un trato que nos conviene a los dos?

—¿Me ayudan? ¿En qué forma soy beneficiado?

—Primero, en lo monetario. La primera vez siempre es gratis; después, con cada envío, usted recibirá cierto porcentaje.

—Disculpe, no necesito dinero, lo que gano es suficiente para mí y mi familia.

—El dinero nunca está demás.

—Gracias, pero prefiero ayudarlo por única ocasión. Olvídese de mí.

—No es tan fácil, lic. ¿Sabe? Su "apoyo" es muy valioso para nosotros, así que queremos conservarlo, aunque sea a la fuerza.

—¡Ese no fue el trato!

—¡Jamás hablamos de un trato! Sólo mencioné que tenía que cooperar o de lo contrario su familia sufriría las consecuencias.

Al escuchar que menciona a su familia, Mario pierde los estribos y grita:

—¡Maldito imbécil! ¡Sea lo suficiente hombre! Deme la cara. Verá la clase de persona que puedo ser.

—No se enoje, licenciado. Le recuerdo que el que se enoja pierde, y no queremos perderlo, al menos no por el momento. Fue un gusto saludarlo, licenciado, que pase un bonito día.

Sin más explicaciones, el hombre corta la comunicación dejando a Mario más furioso que nunca en su vida. De haber tenido al hombre frente a frente hubiera sido capaz de matarlo. Esa idea no había pasado por su mente: su temperamento tranquilo en otro tiempo le impedía siquiera pensarlo. Hoy, bajo las circunstancias vividas, de ser necesario haría hasta lo imposible por salvar a su esposa, su hijo y... Ana. Pensar en las tres personas que más ama en la vida lo vuelven a la realidad y se tranquiliza un poco; con más calma marca el número del señor Saldívar, quien luego de escucharlo cuelga para después hablar con los detectives encargados del caso. Estos le dan instrucciones, las cuales se llevan a cabo rápidamente. Se comunica también con el encargado de mantenimiento en las bodegas:

—Buenos días, soy el señor Saldívar.

Del otro lado de la línea contesta asombrado un hombre de cara y sonrisa amable: —¡Señor Saldívar, es un gusto saludarlo! ¿En qué puedo ayudarlo?

—Se presentarán tres personas a cubrir las incapacidades de intendencia, de vigilancia y de montacargas. Atiéndalas. Haga que se sientan como en su casa.

—Como cualquier empleado en la compañía. ¿Alguna otra cosa?

—No. Es todo. Gracias.

—Que tenga buen día, señor.

—Buen día igualmente para usted.

Aproximadamente media hora después llega el personal mencionado. El encargado del lugar los recibe y lleva a cada uno a sus respectivas zonas de trabajo. En las áreas aledañas, muy cerca de la bodega, están apostándose en la azotea de las viviendas y edificios varios hombres, son policías encubiertos; no llevan armas, en su lugar portan intercomunicadores portátiles del tamaño de los audífonos de moda y unos prismáticos de largo alcance. La encomienda es identificar, confirmar, seguir a los vándalos que recogerán la mercancía, sin hacerles daño, con el fin de dar con los distribuidores y jefes de la banda. Para no despertar sospecha, los detectives y policías disfrazados realizan las actividades de un obrero común.

—Buenos días —comenta el guardia de seguridad a los ocupantes de una unidad blanca que acaba de llegar, quienes se identifican con los gafetes que llevan puestos en el cuello.

—Buenos días —contesta el conductor, que entrega una hoja con las señas de la mercancía que recogerá.

El guardia lee con atención y hace unas anotaciones en su tabla; luego indica:

—Pasen, sigan de frente. La secretaria les atenderá.

Siguiendo las instrucciones, se presentan con la señorita mencionada, a quien le dan una hoja que ella revisa; tras ello, habla por el intercomunicador dando las orientaciones necesarias para que lleven el artículo requerido. Los agentes disfrazados, al escuchar que se trata del motivo de su visita, presurosos atienden la solicitud, también colocan en una esquina dentro de la caja un rastreador tan pequeño que apenas es visible a simple vista. Ellos mismos llevan y acomodan la caja dentro del vehículo. Uno de ellos le proporciona al conductor una hoja para que firme sobre el producto entregado. El chofer, sin sospechar que está siendo vigilado, estampa su nombre en el escrito; su huella queda impresa en el lapicero que usa. Con la mercancía dentro de su camioneta parte del lugar. Cuando sale, los policías se despojan de sus overoles y hablan a través de su minimicrófonos.

—¡Los sospechosos acaban de salir! Viajan en una camioneta blanca.

Del otro lado de la línea alguien contesta:

—Enterado, las unidades comienzan a movilizarse.

—Te envío la huella digital de uno de ellos, rastréenla, necesitamos su historial. Nos unimos a la persecución. Cambio y fuera.

—Adelante, el primer comando se unirá a ellos en la avenida principal, En cuanto a la huella, la estamos investigando. —Tal como se menciona, una mujer y un hombre van en un auto compacto color verde olivo siguiendo muy de cerca a la camioneta de los maleantes, cuyos pasajeros no se percatan del seguimiento y charlan durante el trayecto. Al acercarse a una bodega, el copiloto habla por un radio:

—Estamos llegando. Abran las puertas. —No hay respuesta, sólo escuchan la estática. Al doblar la calle, ven de frente una puerta eléctrica elevándose. Se introducen en el domicilio y se pierden de vista de sus seguidores.

La mujer, estacionando el auto policía cerca de la entrada, habla por radio:

—Los sospechosos acaban de ingresar a una bodega.

Alguien responde:

—Tenemos el lugar exacto, el localizador no ha sido removido, nos ha permitido encontrar la zona. No se muevan de ahí, los refuerzos van en camino.

—Entendido. Cambio y fuera.

Mientras los policías esperan a una distancia prudente del lugar, se percatan de que otros vehículos de diferentes modelos y marcas también ingresan al sitio. La mujer habla:

—Vaya, parece que tendremos una gran fiesta.

Su acompañante contesta:

—Así parece.

Minutos después llegan varias unidades: unas con logotipos; otras parecen autos particulares sin sirena; arriban sin luces encendidas, para no llamar la atención.

En otro punto de la ciudad, en las oficinas donde Mario labora, él recibe una llamada telefónica:

—¿Señor Mario Villanueva?

—A sus órdenes.

—Habla el detective Holmberg.

—Diga, detective. ¿En qué puedo servirle?

—Hablo para tenerlo comunicado sobre ese asunto penoso.

—¡Ah! Sí... ¿Qué puedo hacer por usted?

—En este momento estamos vigilando una dirección donde sospechamos que se está llevando a cabo una reunión importante sobre el tema del que usted sabe.

—¿Qué tengo que hacer?

—¿Aquí? Nada. Le aconsejo que usted y su familia vayan a un lugar lejano, desconocido para todos. No le diga a nadie a dónde va, ni siquiera a nosotros.

—Pero... No puedo abandonar así como así mi trabajo.

—Licenciado, le recuerdo que de ello depende su vida y la de su familia. No sabemos si alguien más en su oficina esté involucrado. Cualquier comentario que haga puede ser perjudicial.

Mario calla unos instantes Luego dice:

—Está bien, parto a casa por mi hijo y mi esposa. ¿Qué pasará con Ana?

—Por ahora tendrá que olvidarse de ella. Despúes habrá tiempo para estudiar su caso. El tiempo apremia. ¡Márchese!

—De acuerdo.

—Adiós, licenciado. Le deseo la mejor de la suerte.

—Adiós, detective. Gracias. —Mario cuelga el teléfono, sale de su oficina—. Señorita —dirigiéndose a la secretaria—, cancele todas las citas de hoy, por favor, ha surgido un inconveniente que tengo que resolver personalmente.

Ella lo escucha y responde atenta:

—De acuerdo, licenciado. En este momento aviso de la cancelación.

Mario parte presuroso a su domicilio sin sospechar que en cuanto sale de la oficina la secretaria realiza una llamada telefónica muy sospechosa:

—Canceló todas las citas que tenía para hoy… No… No avisó a dónde… Está bien.

En la bodega, los policías, cautelosamente, se han acercado con pistola en mano a la entrada. El detective a cargo, haciendo uso de un altavoz, grita:

—¡Policía antinarcóticos! Sabemos que están ahí. ¡Salgan con las manos en alto! ¡Tiren sus armas al suelo!

Como si esas palabras fueran la clave, los delincuentes comienzan a disparar. La policía, resguardándose tras los muros, logra evitar las balas. Esperan unos instantes y también ellos comienzan a disparar. Fuego contra fuego, las balas salen de las armas, van por doquier. Agazapados, los hombres de la ley logran evadir el mortífero ataque. Finalmente, los malhechores se dan por vencidos:

—¡Basta! ¡No sigan disparando! ¡Nos rendimos!

—¡Sí! —gritan algunos hombres del lado de la ley. Con mucha precaución se acercan e introducen al inmueble donde varios delincuentes están tirados heridos. Los agentes del orden y narcóticos los esposan; los suber. a diferentes vehículos y parten con ellos.

En casa de Mario, un auto lujoso lo espera estacionado cerca de la puerta. Al ver llegar a Mario, dos de sus ocupantes bajan, se acercan a él.

—¿Licenciado Villanueva?

—Mario no sospecha nada.

—Sí. —Ellos no hablan, se limitan a sacar de sus prendas dos revólveres y, simplemente, jalan del gatillo. Adentro, Natally escucha cuatro detonaciones tan cerca de ella que abre desmesuradamente sus ojos, no atina a decir palabra alguna, voltea a la ventana; a través de la transparente cortina ve a su esposo recostado sobre el volante de su auto y, a lo lejos, un auto marchándose a toda prisa. Después del primer momento corre a la puerta, la abre, observa a su marido que sigue en la misma posición de hacía unos segundos. Ella se acerca, más aún, mira por la ventana del auto que su compañero no se mueve. Intenta abrir la portezuela. Esta no cede. Sus ojos no dan crédito a lo que ven.

—¡Noooooooooooooooooooooo! ¡Mario! ¡Mario! ¡Mario! ¿Qué tienes? ¡Mario, contesta, por favor! —Al ver a su marido ensangrentado de cabeza y pecho golpea el cristal con ambos puños—. ¡Abre! —Al no obtener respuesta corre al interior de su casa, toma desesperada al teléfono, llama a la Cruz Roja—: ¡Ayúdenme, por favor! ¡Alguien le disparó a mi esposo!

—¡Enseguida están con usted! ¡Dígame la dirección!

—Es...

Natally toma las dobles llaves del auto, regresa corriendo a donde está Mario, abre la portezuela del auto. Entre sollozos y gritos lo abraza; pretende con ello devolverle el aliento que en infinitas ocasiones la volvió loca de amor. Le besó la frente, el oído, hizo de todo para reanimarlo. No fue hasta que llegaron los socorristas que lograron persuadirla de soltarlo.

—Señora, permítanos revisarlo.

—¡No se mueve! ¡No se mueve!

—Compañero, atiende a la señora; llévala adentro de su casa y dale algo para calmarla.

—Señora, acompáñeme, por favor; voy a darle un tranquilizante.

—¡No! ¡Quiero estar junto a mi marido!

—Vamos a checar qué tiene. Necesitamos su cooperación. Venga. —Con dificultad el paramédico logra que Natally suelte el cuerpo de su esposo, la lleva al interior de su domicilio, la sienta en uno de los sillones; busca la cocina, sirve un vaso de agua, da un poco del líquido a la doliente y traumada mujer que ha entrado en *shock*: no llora, no habla, su mirada perdida indica que está totalmente desconectada del mundo.

Afuera el otro socorrista termina el chequeo rutinario, guarda su estetoscopio, se dirige a su unidad, descuelga el radio, habla:

—Central, central.

—Adelante.

—Reportamos hombre fallecido por heridas de bala, envíen a la policía de homicidios y médicos forenses.

—Están en camino.

Al cabo de varios minutos, el ulular de las sirenas y luces de torretas anuncian la llegada de los especialistas en la materia.

—Señora, sé que no es el momento, ni prudente, pero es necesario nos dé algunos pormenores del suceso.

Natally, sentada en el sillón de la sala, no escucha nada, no ve nada, no llora. Saben que está viva porque respira. Su estado de ánimo está muy muy mal. Continúa en *shock*: no puede contestar nada. Algún vecino habló a su padre, que ha llegado: corre a ella, la abraza, dice susurrándole al oído:

—Hija, sé por lo que estás pasando. Tienes que ser fuerte, muy fuerte. Descansa. Ven, te llevo a tu habitación. —Ella, por inercia, se deja llevar por el ser que le dio la vida. No entiende lo que él le dice. El profesor sigue hablando mientras la recuesta en su cama—. Duerme un poco, te hace falta. Voy a prepararte una taza de té. Supongo que Emilio está en la escuela, así que iré por él y lo llevaré unos días a casa de los tíos mientras pasa todo este desafortunado incidente. En breve irás por él. ¿Te parece? —El profesor no obtiene respuesta alguna. Realiza lo que él mismo ha propuesto. La policía, los médicos forenses y los detectives de homicidios realizan su trabajo a la perfección: detuvieron a los agresores de Mario y a la banda de narcotraficantes que dieron santo y seña de personas que los apoyaron para llevar a cabo su actividad ilícita. Aunque fueron días de arduo trabajo, los detectives a cargo de la investigación del caso aprehendieron uno a uno a los integrantes de la maraña de cómplices.

—¿Es usted la señorita Eighner, secretaria del licenciado Mario Villanueva?

—Sí ¿Puedo ayudarle en algo?

—Queda usted arrestada por los delitos de delincuencia organizada, así como asociación delictuosa y encubrimiento de un homicidio.

—Pero… pero.

—Tiene derecho a…

CAPÍTULO 10

En México, los padres y familiares de Mario están desconsolados.

—¡¿Qué?! Mario, ¡¿quéééé?! ¡No es posible! ¡No puedo creer lo que usted me está diciendo! —Incrédulo, no acepta encarar la mala noticia—. Me contactaré con el profesor Shneider.

—No sabemos…qué hora es… en Alemania —menciona acongojada la madre, con lágrimas en los ojos. Su voz quebrada por el llanto y la pena no puede decir más.

—En estas circunstancias la hora es lo menos importante —dice el padre de Mario y marca una serie de números en el teléfono. Mientras aguarda, las lágrimas corren por sus mejillas. Da la espalda a su esposa, pues no desea que lo vea llorar. En ese momento se establece la comunicación y sin preámbulos dice—: Profesor, el señor Campos nos enteró de la desagradable noticia, pero no podemos viajar.

—No se preocupe, señor Villanueva, los trámites necesarios los realizaré personalmente.

—Hable con Natally, dígale lo bondadosa que sería de su parte si permite que el cuerpo de nuestro hijo sea sepultado aquí en su tierra natal.

—Señor Villanueva, por orden médica, ella está incomunicada, no desea saber nada, no acepta la realidad, está como loca, se la pasa llorando y durmiendo; el doctor dice que será necesario primero la aceptación de los hechos, luego el día de duelo, pero con el cuerpo presente de su marido. El cuerpo de su hijo se va a preparar muy bien para que esté presentable hasta por dos semanas, las cuales puede quedarse en la morgue.

—¡No! —contesta tajante el señor Ricardo y agrega—: Sabemos que la decisión en este caso la tiene la esposa, pero también ella tiene que pensar en nosotros, su familia.

—Trataré de hablar con ella. Como le dije, se ha olvidado por completo del mundo en el que vive, ni siquiera recuerda que tiene a cargo a Emilio, hijo de Mario.

—¡¿Un hijo?!... ¡No sabíamos que tenía un hijo! ¡Y mucho menos que se lo había llevado allá! —El padre de Natally guarda silencio, no sabe qué decir ante la confusión. Continúa hablando—: Es una larga historia. Soy el menos indicado para decirle algo. Le prometo que hablaré con mi hija lo más pronto posible, será ella la que tenga la última palabra.

—Le agradecería cualquier noticia. Sin importar la hora que sea, llámenos, por favor.

—Así lo haré. Adiós.

—Adiós, profesor.

El señor Ricardo queda más intrigado que nunca. Quiere gritar lo que siente, sólo piensa: "¡Un hijo! ¡Mario tiene un hijo! ¿Quién será la mamá? ¿Acaso será Ana? Sólo Dios sabe qué pasó".

En el reclusorio Ana está más intrigada que nunca, pues las visitas de Mario han sido menos frecuentes; desde hace semanas no sabe nada de él. Ella y Agneta hablan frecuentemente de ese asunto. Ahora Ana se comunica en alemán, lo practica las veinticuatro horas al día de ser posible.

—Hola, Ana —su inseparable amiga inicia la plática.

—Hola, Agneta. ¿Cómo estás?

—Sigues pensativa.

—Sí, amiga, son varias semanas que no sé absolutamente nada de Mario o de mi hijo.

—No te preocupes. Ellos están bien. De no ser así te habrían informado cualquier cosa buena o mala, ¿no crees?

—No sé qué pensar. Comprendo que a veces es imposible que Mario venga todas las semanas, pero hay algo que me inquieta, y no sé qué es.

—No pienses cosas negativas, mejor imagina que se han ido de vacaciones o algo parecido. El otro día me comentaste que Emilio acude al colegio. Hablemos entonces de eso.

—Ay, amiga, eres muy buena conmigo, tu compañía ha sido de gran ayuda en mis circunstancias; de no ser por ti, tal vez me habría enfermado.

—Tú también eres muy buena conmigo. Cuéntame qué has sabido de tu caso.

—Muy poco. El licenciado que envía la embajada dice que es un caso difícil porque no han localizado todavía a la persona que "sembró" la droga en mi equipaje.

—Verás que pronto saldrá la verdad, sólo hay que tener paciencia.

—Ay, Agneta, admiro tu valentía, sólo que no soy tan paciente, estoy perdiendo el ánimo.

Continúa la charla por largo rato. En la Oficina Central de Investigación Criminal un oficial busca en el banco de huellas la que le enviaron de la bodega de la compañía donde trabaja Mario.

—¡Ey! —grita de euforia—. Acabo de encontrar en la base de datos la información de uno de los delincuentes que están extorsionando al licenciado Villanueva.

Al escucharlo un detective, levantándose de su escritorio, se acerca a él, observa, lee en la pantalla de la computadora.

—¡Ajá! Te tenemos. Permítame checar los antecedentes, oficial.

El mencionado se levanta de su asiento y cede su lugar mientras el detective maniobra el teclado.

—Veamos... Vamos... Vamos. —En la pantalla han aparecido varias fotografías, una de ellas llama poderosamente su atención—. ¡Qué tenemos aquí! —Inmediatamente toma el teléfono, marca, del otro lado una voz varonil contesta:

—Buenos días. Oficina Central de Interpol. ¿Puedo ayudarle en algo?

—Buenos días, oficial. Comuníqueme con el encargado del caso de los embarcaderos, por favor.

—Un momento.

Luego de esperar varios segundos una voz ronca y gruesa contesta:

—Buenos días, soy el detective Müller. ¿Qué se le ofrece?

—Habla el detective Weber de la Oficina Central de Inteligencia. Acabo de recibir el informe sobre unas huellas dactilares que me han llevado a la búsqueda de un delincuente. En el mismo documento aparece la leyenda "buscado por la Interpol". Creo que tenemos a su hombre.

—¿Dónde está?

—Por el momento, se encuentra en los separos de la policía local.

—Gracias, parto inmediatamente para allá.

—Fue un placer ayudarle.

Gracias a la astucia, perspicacia, trabajo y colaboración de las corporaciones de policía local y Central de Inteligencia Interpol se logra la captura de la banda de mafiosos que tiene en sus redes trabajando para ellos por medio de presiones y chantajes a gente inocente como Mario y varios empresarios más. La Interpol se encarga de investigar a fondo los nexos internacionales de los delincuentes, dan con el paradero de muchos de ellos; de su confesión obtienen también el nombre y captura de personas en diferentes países, personas que nadie se puede imaginar.

Por supuesto, también en México hubo capturas, uno de ellos, el licenciado Raúl Carrasco, exmarido de Ana, quien llevado por su sentimiento, desprecio y burla de ella, buscó la manera de vengarse de Ana y Mario. El amor que sentía se convirtió en odio, odio que aumentó al enterarse que ella había viajado a Alemania para encontrarse con el amor de su vida. Raúl encontró la manera de tomar revancha cuando por otras circunstancias contactó a un rufián que, a su vez, lo llevó con una banda de mafiosos. Entre todos decidieron que a Ana la utilizarían como una buena "burra ciega", serviría de distracción, para que al mismo tiempo pasaran toneladas de cocaína a Alemania. Sabían que la atraparían, que pasaría años en prisión mientras probaban su inocencia. Mario, como el empresario que era, mediante chantajes chantaje, lograría introducir la mercancía como si procediera de forma legal; si lo atrapaban también iría a la cárcel… Qué mejor venganza que saber que ninguno de los dos amantes estaría libre para disfrutar de su amor.

Con la confesión de Raúl, los trámites para la liberación de Ana van viento en popa. Una nube negra empaña el horizonte prometedor. Ella se entera de la muerte de su eterno amor. Llora, llora sola en su celda fría; no hay nadie que la consuele, nadie que la apoye en este terrible momento; cada lágrima derramada es un réquiem de amor que no cesará hasta que logren estar juntos. El destino se empeñó en que no cumplieran su amor en el mismo plano terrenal. Tal vez lo logren, aunque sea en otro mundo, en otra dimensión: la muerte unirá lo que en vida separó.

El sino les jugó una mala pasada a estos cuatro individuos. Al final, cada uno obtuvo algo, bueno o malo, según las acciones que realizó.

A Raúl le esperan largos y tortuosos años de cárcel, y por ser la primera vez que se encuentra en un lugar así, los presidiarios más sanguinarios desean desquitar en él su salvajismo sometiéndolo a duros y humillantes tratos.

En Alemania, días después del asesinato de Mario, Natally lentamente recupera la cordura, accede a que el cuerpo de Mario viaje de regreso a México donde sus padres le darán la sepultura adecuada. Natally sigue con la custodia y cuidado de Emilio. El niño, con su corta edad, no entiende la tragedia que vive ni la magnitud de esta; toma de la mano a la que en el momento le brinda protección, cariño, amor materno, amor que necesita para continuar viviendo en un país que no es el suyo, con una madre que no es la suya. Así seguirá hasta que Ana sea liberada. Después... Después sólo Dios y el destino decidirán.

FIN

www.ingramcontent.com/pod-product-compliance
Lightning Source LLC
Chambersburg PA
CBHW031323170626
46807CB00002B/541